프랑켄슈타인 III
Frankenstein

006 · 3/3

fly over an apartment with silver wings

프랑켄슈타인 III

Frankenstein

메리 셸리 지음

제미나이 · S 편역

복두(더)

서문 및 해설

메리 셸리의 “프랑켄슈타인”은 1818년에 처음 출간된 이후, 과학과 윤리, 인간의 본성과 창조의 책임에 대한 깊은 질문을 던지는 고전으로 자리 잡았다. 이 소설은 단순한 공포 이야기를 넘어, 인간의 탐구심과 그로 인한 파괴적 결과를 탐구한다. 빅터 프랑켄슈타인은 생명을 창조하려는 열망으로 괴물을 만들어내지만, 그 결과는 그의 삶을 파괴하는 비극으로 이어진다. 이 작품은 인간의 욕망과 그에 따른 도덕적 책임을 탐구하며, 과학의 발전이 가져올 수 있는 위험성을 경고한다.

“프랑켄슈타인”은 여러 가지 주제를 다루고 있다. 첫째, 창조와 책임의 문제이다. 빅터는 자신의 과학적 호기심을 충족시키기 위해 생명을 창조하지만, 그 결과에 대한 책임을 회피한다. 괴물은 그의 창조물로서, 그에게 버림받고 고통받는 존재가 된다. 이는 인간이 자신의 행동에 대한 책임을 져야 한다는 메시지를 전달한다.

둘째, 고독과 소외의 주제가 있다. 괴물은 외모와 본성 때문에 사회에서 배척당하고, 결국 복수심에 사로잡히게 된다. 이는 인간의 본질적인 욕구인 사랑과 소속감을 갈망하는 모습을 보여준다. 빅터 또한 자신의 선택으로 인해 고독에 시달리며, 결국 사랑하는 이들을 잃게 된다.

셋째, 과학과 윤리의 경계에 대한 질문을 던진다. 19세기 초, 과학의 발전이 급속도로 이루어지던 시기에, 셸리는 과학이 인간의 도덕적 기준을 넘어설 때 발생할 수 있는 위험을 경고한다. 빅터의 탐구는 인류의 진보를 위한 것이었지만, 그 결과는 재앙으로 이어진다.

차례

18

하루하루, 몇 주가 지나 제네바로 돌아온 후에도, 저는 저의 작업을 다시 시작할 용기를 모을 수 없었습니다. 저는 실망한 악마의 복수를 두려워했지만, 저에게 명령된 과제에 대한 저의 혐오감을 극복할 수 없었습니다. 저는 다시 몇 달을 심오한 연구와 힘든 논고에 바치지 않고는 여성을 구성할 수 없다는 것을 알았습니다. 저는 어떤 영국인 철학자에 의해 발견된 몇 가지 지식이 저의 성공에 중요하다는 것을 들었고, 때때로 이 목적을 위해 영국을 방문할 아버지의 동의를 얻을 생각을 했습니다. 하지만 저는 지연의 모든 구실에 매달렸고, 즉각적인 필요성이 저에게 덜 절대적으로 보이기 시작한 사업의 첫 단계를 밟는 것을 주저했습니다. 완전한 고답이(고구마 먹은 것처럼 답답한)처럼 굴었죠. (빅터의 심리적 저항과 지연을 현대적인 시선으로 평가했습니다.)

실제로 저에게 변화가 일어났습니다. 지금까지 쇠퇴했던 저의 건강은 이제 많이 회복되었고, 저의 불행한 약속의 기억에 억제되지 않았을 때, 저의 정신은 비례적으로 솟아올랐습니다. 저의 아버지는 이 변화를 기쁨으로 보았고, 때때로 발작적으로 돌아와 다가오는 햇살을 압도하는 탐욕스러운 어둠으로 덮어버리곤 했던 저의 멜랑콜리의 잔재를 근절할 최선의 방법을 향해 생각을 돌렸습니다. 이러한 순간에 저는 가장 완벽한 고독으로 피신했습니다. 저는 작은 배를 타고 호수에서 온종일 보내며, 구름을 지켜보고 파도의 잔물결 소리를 들었고, 조용하고 무기력했습니다. 하지만 신선한 공기와 밝은 태양은 저를 어느 정도 평정으로 회복시키는 데 거의 실패하지 않았고, 돌아왔을 때 저는 더 빨리 웃는 미소와 더 쾌활한 심장으로 친구들의 인사를 맞이했습니다.

이러한 산책 중 하나에서 돌아온 후, 저의 아버지는 저를 옆으로 불러 이렇게 말씀하셨습니다.

"나의 사랑하는 아들아, 네가 너의 이전 즐거움을 되찾고 스스로 돌아오는 듯 보인다는 것을 알아차리게 되어 기쁘구나. 그런데도 너는 여전히 불행하고 여전히 우리 사회를 피한다. 한동안 나는 이 원인에 대한 추측 속에서 길을 잃었지만, 어제 하나의 생각이 나를 강타했다. 그리고 만약 그것이 근거가 있다면, 나는 너에게 그것을 인정하도록 간청한다. 그러한 문제에 대한 유보는 쓸모없을 뿐만 아니라, 우리 모두에게 세 배의 비참함을 가져올 것이다."

저는 그의 서론에 맹렬하게 떨렸고, 저의 아버지는 계속해서 말씀하셨습니다—

"나의 아들아, 나는 항상 우리의 사랑하는 엘리자베스와의 너의 결혼을 우리 가정 안락의 유대이자 나의 쇠퇴하는 시절의 버팀목으로 고대해 왔다는 것을 고백한다. 너희는 가장 이른 유아기부터 서로에게 애착했고, 함께 공부했으며, 성품과 취향에서 완전히 서로에게 적합해 보였다.

하지만 인간의 경험은 너무나 눈이 멀어서, 내가 나의 계획에 가장 좋은 조력자라고 생각했던 것이 그것을 완전히 파괴했을 수도 있다. 너는 아마도 그녀를 너의 아내가 되기를 바라는 어떤 소망 없이, 너의 누이로 여길 수도 있다. 아니, 너는 사랑할 수도 있는 다른 사람을 만났을 수도 있고, 스스로를 엘리자베스에게 명예상 묶여 있다고 고려하며, 이 갈등이 네가 느끼는 듯 보이는 통렬한 비참함을 야기할 수도 있다."

"나의 친애하는 아버지, 스스로를 안심시키십시오. 저는 저의 사촌을 다정하고 진심으로 사랑합니다. 저는 엘리자베스가 그러하듯이, 저의 가장 따뜻한 찬탄과 애정을 불러일으킨 어떤 여성도 본 적이 없습니다. 저의 미래 희망과 전망은 전적으로 우리의 결합에 대한 기대 속에서 묶여 있습니다.”

“이 주제에 대한 너의 감정 표현은, 나의 사랑하는 빅터, 내가 한동안 경험했던 것보다 더 큰 즐거움을 나에게 준다. 네가 이렇게 느낀다면, 현재 사건들이 우리를 덮을지라도, 우리는 확실히 행복할 것이다. 하지만 나는 몰아내고 싶은 것은 바로 너의 마음을 그토록 강하게 붙잡고 있는 이 음울함이다. 그러므로 나에게 말해 다오. 네가 결혼의 즉각적인 거행에 반대하는지 아닌지를. 우리는 불행했고, 최근 사건들은 나의 나이와 허약함에 합당한 일상적인 평온에서 우리를 끌어냈다. 너는 더 젊다. 하지만 네가 능숙한 재산을 소유하고 있으니, 이른 결혼이 네가 형성했을 수도 있는 미래 명예와 유용성의 계획에 전혀 방해되지 않을 것이라고 생각하지 않는다.

하지만, 나는 너에게 행복을 지시하고 싶다거나 너의 지연이 나에게 어떤 심각한 불안을 야기할 것이라고 생각하지는 마라. 나의 말을 솔직하게 해석하고, 나에게 자신감과 진실함으로 대답해 주기를 간청한다."

저는 아버지의 말씀을 침묵 속에서 들었고, 한동안 어떤 대답도 할 수 없었습니다. 저는 저의 마음속에서 수많은 생각을 재빨리 돌렸고, 어떤 결론에 도달하려 노력했습니다. 아아! 저에게 엘리자베스와의 즉각적인 결합이라는 생각은 공포와 경악의 하나였습니다. 저는 아직 이행하지 않았고 감히 어길 수 없는 엄숙한 약속에 묶여 있었고, 만약 제가 그랬다면, 얼마나 많은 비참함이 저와 저의 헌신적인 가족 위에 임박할 수 있을까요! 이 치명적인 무게를 여전히 목 주위에 두르고 저를 땅에 숙이게 하면서 제가 축제에 참여할 수 있을까요? 저는 저의 약속을 이행해야 하고, 괴물이 그의 짝과 함께 떠나도록 해야 했습니다. 그제서야 저는 평화를 기대했던 결합의 즐거움을 누릴 수 있도록 스스로를 허락할 것입니다.

저는 또한 영국으로 여행하거나 현재 저의 사업에 없어서는 안 될 지식과 발견을 가진 그 나라의 철학자들과 긴 서신 교환을 해야 하는 저에게 부여된 필요성을 기억했습니다. 원하는 정보를 얻는 후자의 방법은 느리고 불만족스러웠습니다. 게다가, 저는 제가 사랑하는 사람들과 친밀하게 교류하는 동안 아버지의 집에서 저의 혐오스러운 과제에 몰두한다는 생각에 극복할 수 없는 반감을 가지고 있었습니다. 저는 수많은 끔찍한 사고가 발생할 수 있다는 것을 알았고, 그중 아주 작은 것이라도 저와 관련된 모든 사람들을 공포로 전율하게 할 이야기를 폭로할 것이었습니다. 저는 또한 저의 초자연적인 일이 진행되는 동안 저를 사로잡을 고통스러운 감각을 숨길 모든 자제력, 모든 능력을 자주 잃을 것이라는 것을 알았습니다. 저는 이렇게 몰두하는 동안 제가 사랑하는 모든 것에서 떨어져 있어야 했습니다. 일단 시작되면, 그것은 재빨리 달성될 것이며, 저는 평화와 행복 속에서 저의 가족에게 회복될 수 있을 것이었습니다. 저의 약속이 이행되면, 괴물은 영원히 떠날 것이었습니다. 또는 (저의 간절한 상상이 그렸듯이) 그동안 어떤 사고가 발생하여 그를 파괴하고 저의 노예 상태를 영원히 끝낼 수도 있었습니다.

이러한 감정들이 저의 아버지에게 대한 저의

대답을 결정지었습니다. 저는 영국을 방문하고 싶다는 소망을 표현했지만, 이 요청의 진정한 이유를 숨기고, 저의 소망을 아무런 의심도 불러일으키지 않는 가장 속에 담았고, 저의 아버지가 쉽게 응하도록 유도한 간절함으로 저의 소망을 촉구했습니다. 광기에 가까운 강렬함과 효과를 가진 그토록 오랜 기간의 흡수되는 멜랑콜리 후에, 그는 제가 그러한 여행의 생각에 즐거움을 느낄 수 있다는 것을 발견하고 기뻐했으며, 장면의 변화와 다양한 오락이 저의 귀환 전에 저를 완전히 스스로 되돌려 줄 것이라고 희망했습니다.

저의 부재 기간은 저의 선택에 맡겨졌습니다. 몇 달 또는 길어야 일 년이 예상되는 기간이었습니다. 저의 동반자를 확보하기 위해 그는 하나의 아버지다운 친절한 예방책을 취했습니다. 저와 미리 상의하지 않고, 그는 엘리자베스와 협의하여, 클레르발이 스트라스부르에서 저와 합류하도록 주선했습니다. 이것은 저의 임무 수행을 위해 제가 갈망했던 고독을 방해했습니다. 하지만 저의 여행 시작에는 친구의 존재가 어떤 식으로든 장애물이 될 수 없었고, 정말로 저는 이렇게 많은 시간의 외롭고, 미치게 만드는 성찰에서 구원받을 것이라는 것을 기뻐했습니다. 아니, 헨리는 저와 저의 적의 침입 사이에 서 있을 수도 있었습니다. 만약 제가 혼자였다면, 그는 때때로 저에게 자신의 혐오스러운 존재를 강요하여 저에게 저의 과제를 상기시키거나 그것의 진행을 응시하지 않았을까요?

따라서 저는 영국으로 향했고, 저의 귀환 직후에

엘리자베스와의 결합이 이루어질 것으로 이해되었습니다. 저의 아버지의 나이는 그를 지연에 극도로 반대하게 만들었습니다. 저 자신에게는, 저의 혐오스러운 노고로부터 제가 스스로 약속한 하나의 보상—저의 비할 데 없는 고통에 대한 하나의 위안이 있었습니다. 그것은 저의 비참한 노예 상태에서 해방되어, 제가 엘리자베스를 요구하고 그녀와의 결합 속에서 과거를 잊을 수 있는 그 날의 전망이었습니다.

저는 이제 저의 여행을 위한 준비를 했지만, 하나의 감정이 저를 사로잡았는데, 그것은 저를 두려움과 동요로 가득 채웠습니다. 저의 부재 동안, 저는 저의 친구들을 그들의 적의 존재를 알지 못한 채 남겨두고, 저의 떠남으로 그가 격분했을 수도 있는 그의 공격으로부터 보호받지 못하게 할 것이었습니다. 하지만 그는 제가 어디로 가든 저를 따라올 것이라고 약속했었고, 그가 저와 함께 영국으로 가지 않을까요? 이 상상은 그 자체로 끔찍했지만, 저의 친구들의 안전을 가정한다는 점에서는 위안이 되었습니다. 저는 이 반대가 일어날 수도 있다는 생각에 고통스러웠습니다. 하지만 저는 저의 피조물의 노예였던 전체 기간 동안 순간의 충동에 지배되도록 스스로를 허용했습니다. 그리고 저의 현재의 감각은 그 악마가 저를 따라올 것이며 저의 가족을 그의 음모의 위험에서 면제시킬 것임을 강하게 암시했습니다.

저는 9월 하순에 다시 저의 고향을 떠났습니다. 저의 여행은 저 자신의 제안이었고, 엘리자베스는 따라서 묵인했지만, 그녀는 자신에게서 떨어져 저의 고통과 슬픔의 침입을 겪을 것이라는 생각에 불안으로 가득 찼습니다. 클레르발에게 동반자를 마련해 준 것은 그녀의 배려였습니다—그런데도 남성은 여성의 세심한 주의를 불러일으키는 수많은 미세한 상황에 눈이 멀다.— 그녀는 저에게 빨리 돌아오라고 말하고 싶어 했지만, 수많은 상충되는 감정이 그녀가 눈물로 조용히 작별 인사를 할 때 그녀를 벙어리로 만들었습니다. (엘리자베스의 애틋하고 섬세한 감정선을 묘사하여, 빅터와의 관계에 대한 감정적 깊이를 은유적으로 표현했습니다.)

저는 저를 데려갈 마차에 몸을 던졌고, 어디로 가고 있는지 거의 알지 못했고, 주변에서 무슨 일이 일어나고 있는지 무관심했습니다. 저는 오직, 그리고 쓰라린 고통으로 그것을 성찰하며, 저의 화학 도구들을 저와 함께 가도록 싸도록 명령하는 것을 기억했습니다. 음울한 상상으로 가득 차서, 저는 많은 아름답고 장엄한 장면들을 통과했지만, 저의 눈은 고정되어 있었고 관찰하지 않았습니다. 저는 오직 저의 여행의 경계와 그것들이 지속되는 동안 저를 사로잡을 일만을 생각할 수 있었습니다.

며칠을 무기력한 게으름 속에서 보낸 후, 그동안 저는 많은 리그를 횡단했습니다. 저는 스트라스부르에 도착했고, 그곳에서 이틀 동안 클레르발을 기다렸습니다. 그가 왔습니다. 아아, 우리 사이의 대조는 얼마나 컸습니까! 그는 모든 새로운 장면에 살아 있었고, 지는 태양의 아름다움을 보았을 때 기뻐했고, 그것이 떠오르고 새로운 날을 다시 시작하는 것을 보았을 때 더욱 행복했습니다. 그는 저에게 풍경의 변화하는 색깔과 하늘의 모습을 지적했습니다.

"이것이 사는 것입니다!" 그가 외쳤습니다. "저는 이제 존재를 즐깁니다! 하지만 저의 친애하는 프랑켄슈타인, 당신은 왜 낙담하고 슬퍼하십니까!"

진실로, 저는 음울한 생각에 사로잡혀 있었고, 저녁 별의 하강이나 라인강에 반영된 황금빛 일출을 보지 못했습니다. 그리고 저의 친구, 당신은 저의 성찰을 듣는 것보다 감정과 즐거움의 눈으로 풍경을 관찰한 클레르발의 일지에 훨씬 더 재미있을 것입니다. 저, 즐거움으로의 모든 통로를 차단하는 저주에 시달리는 비참한 존재.

우리는 스트라스부르에서 로테르담까지 배로 라인강을 따라 내려가기로 합의했고, 그곳에서 런던행 배를 탈 수 있었습니다. 이 항해 동안 우리는 많은 버드나무 섬들을 지나 여러 아름다운 마을을 보았습니다. 우리는 만하임에서 하루를 머물렀고, 스트라스부르에서 출발한 지 닷새째 되던 날 마인츠에 도착했습니다. 마인츠 아래 라인강의 경로는 훨씬 더 그림 같아졌습니다. 강은 빠르게 내려가고, 높지는 않지만 가파르고 아름다운 형태의 언덕 사이를 굽이칩니다. 우리는 검은 숲에 둘러싸인, 높고 접근 불가능한, 벼랑 가장자리에 서 있는 많은 폐허가 된 성들을 보았습니다. 이 라인강의 부분은 실로 유난히 다채로운 풍경을 제공했습니다. 한 곳에서는 울퉁불퉁한 언덕, 무시무시한 벼랑을 내려다보는 폐허가 된 성, 아래로 돌진하는 어두운 라인강을 볼 수 있고, 곶의 갑작스러운 굽이에서는 푸른 경사면과 굽이치는 강, 그리고 인구 밀집 지역이 장면을 차지하는 번성하는 포도밭을 볼 수 있습니다.

우리는 포도 수확기에 여행했고, 물살을 따라 미끄러져 내려가면서 일꾼들의 노래를 들었습니다. 저조차도, 마음이 침체되어 있고 정신이 음울한 감정에 끊임없이 동요했음에도 불구하고, 기뻤습니다. 저는 배 바닥에 누워, 구름 없는 푸른 하늘을 응시하면서, 오랫동안 낯설었던 평온을 들이마시는 듯했습니다. 그리고 이것이 저의 감각이었다면, 헨리의 감각은 어떠했을지 누가 묘사할 수 있을까요? 그는 마치 요정의 땅으로 옮겨진 것처럼 느꼈고, 인간이 좀처럼 맛보지 못하는 행복을 누렸습니다.

"저는 저의 고향 나라의 가장 아름다운 장면들을 보았습니다." 그가 말했습니다. "저는 루체른과 우리의 호수를 방문했는데, 그곳에서는 눈 덮인 산들이 거의 수직으로 물 쪽으로 내려와, 가장 푸르른 섬들이 그것들의 쾌활한 모습으로 눈을 달래주지 않았다면 음울하고 슬픈 모습을 야기했을 검고 뚫을 수 없는 그늘을 드리웁니다. 저는 이 호수가 폭풍에 격렬하게 흔들릴 때를 보았는데, 그때 바람은 물 회오리바람을 찢어내어 대양에서 물기둥이 어떠할지 아이디어를 주었습니다. 그리고 파도는 산의 기반을 격렬하게 강타하는데, 그곳에서 사제와 그의 연인이 눈사태에 압도되었고, 그들의 죽어가는 목소리가 여전히 밤 바람이 멈출 때 들린다고 합니다. 저는 라 발레와 보 지방의 산들을 보았습니다. 하지만 이 나라가, 빅터, 그 모든 경이보다 저를 더 기쁘게 합니다. 스위스의 산들은 더 장엄하고 이상하지만, 이 신성한 강변에는 제가 이전에 비교할 만한 것을 보지 못한 매력이 있습니다. 저 벼랑 위로 걸쳐 있는 그 성을 보십시오. 그리고 저 사랑스러운 나무 잎 속에 거의 숨겨진 섬 위에 있는 성도 보십시오. 그리고 이제 그들의 포도밭 사이에서 나오는 그 일꾼들 무리를 보십시오. 그리고 산의 후미진 곳에 반쯤 숨겨진 그 마을을 보십시오. 오, 확실히 이 장소에 거주하고 그것을 지키는 영은 우리나라의 산들의 접근 불가능한 봉우리로 물러나거나
빙하를 쌓는 이들보다 인간과 더 조화로운 영혼을 가지고 있습니다."

클레르발! 사랑하는 친구! 지금 이 순간에도 당신의 말을 기록하고 당신이 그토록 뛰어나게 받을 자격이 있는 찬사에 머무르는 것은 저에게 기쁨을 줍니다. 그는 '바로 자연의 시(詩)' 속에서 형성된 존재였습니다. 그의 야성적이고 열광적인

상상력은 그의 심장의 감수성으로 순화되었습니다. 그의 영혼은 열렬한 애정으로 넘쳐흘렀고, 그의 우정은 세속적인 사람들이 상상에서만 찾도록 가르치는 그토록 헌신적이고 경이로운 성격이었습니다. 하지만 인간적인 공감조차 그의 간절한 마음을 만족시키기에는 충분하지 않았습니다. 다른 사람들은 감탄으로만 바라보는 외적인 자연의 장면을 그는 열렬히 사랑했습니다.

그는 소리 내는 폭포에 사로잡혔네, 마치 열정처럼. 우뚝 솟은 바위, 산 그리고 깊고 음울한 숲, 그것들의 색깔과 형태는 그때 그에게 식욕, 감정, 그리고 사랑이었네. 그것은 더 먼 매력이 필요하지 않았네. 생각으로 제공되거나, 눈에서 빌려온 어떤 관심도 필요 없었네.

(워즈워스의 '틴턴 사원')

그리고 그는 지금 어디에 존재하는가요? 이 온화하고 사랑스러운 존재는 영원히 사라졌는가요? 아이디어, 기발하고 장엄한 상상력으로 가득 차서, 그것의 존재가 그것의 창조자의 삶에 의존했던 세계를 형성했던 이 마음은 멸망했는가요? 그것은 이제 저의 기억 속에만 존재하는가요? 아닙니다, 그렇지 않습니다. 당신의 그토록 신성하게 빚어지고 아름다움으로 빛나는 모습은 쇠퇴했지만, 당신의 영혼은 여전히 당신의 불행한 친구를 방문하고 위로합니다.

이 슬픔의 분출을 용서해 주십시오. 이 무익한 단어들은 헨리의 비할 데 없는 가치에 대한 작은 헌사일 뿐이지만, 그것들은 그의 기억이 만들어내는 고통으로 넘쳐흐르는 저의 심장을 달래줍니다. 저는 저의 이야기를 계속하겠습니다.

쾰른을 지나 우리는 홀란드의 평원으로 내려갔습니다. 그리고 우리는 나머지 길을 마차로 가기로 결심했습니다. 바람이 거슬렀고 강물의 흐름이 우리를 돕기에는 너무나 잔잔했기 때문입니다.

우리의 여행은 여기서 아름다운 풍경에서 비롯된 흥미를 잃었지만, 우리는 며칠 후 로테르담에 도착했고, 그곳에서 배를 타고 영국으로 향했습니다. 맑은 아침, 12월 하순에 저는 처음으로 영국의 하얀 절벽을 보았습니다. 템스강 둑은 새로운 장면을 제시했습니다. 그것들은 평평했지만 비옥했고, 거의 모든 마을이 어떤 이야기의 기억으로 표시되었습니다. 우리는 틸버리 요새를 보았고 스페인 무적함대를 기억했습니다. 그레이브센드, 울위치 그리고 그리니치—저의 나라에서조차 들어본 장소들.

마침내 우리는 런던의 수많은 첨탑을 보았고, 성 바울 대성당이 모든 것 위로 솟아 있었고, 영국 역사에서 유명한 런던탑을 보았습니다.

19

런던이 우리의 현재 휴식처였습니다. 우리는 이 경이롭고 유명한 도시에서 몇 달 동안 머물기로 결심했습니다. 클레르발은 이 시기에 번성하던 천재들과 재능 있는 사람들과의 교류를 바랐지만, 이것은 저에게 부차적인 목표였습니다. 저는 주로 저의 약속을 완료하는 데 필요한 정보를 얻는 수단에 몰두했고, 가장 저명한 자연 철학자들에게 보내는 소개 편지를 재빨리 활용했습니다.

만약 이 여행이 저의 연구와 행복의 날들 동안

이루어졌더라면, 저에게 형언할 수 없는 즐거움을 주었을 것입니다. 하지만 저의 존재에 마름병이 닥쳤고, 저는 오직 저의 관심이 그토록 끔찍하게 깊었던 주제에 대해 그들이 줄 수 있는 정보를 위해서만 이 사람들을 방문했습니다. 사람들과 함께 있는 것은 저에게 괴로움이었습니다. 혼자 있을 때, 저는 하늘과 땅의 광경으로 마음을 채울 수 있었습니다. 헨리의 목소리는 저를 달랬고, 저는 일시적인 평화 속으로 스스로를 속여 들어갈 수 있었습니다. 하지만 분주하고, 흥미롭지 않은, 즐거운 얼굴들은 저의 심장에 절망을 다시 가져왔습니다. 저는 저와 저의 동료 인간들 사이에 극복할 수 없는 장벽이 놓여 있다는 것을 보았습니다. 이 장벽은 윌리엄과 저스틴의 피로 봉인되어 있었고, 그 이름들과 연결된 사건들을 성찰하는 것은 저의 영혼을 고통으로 가득 채웠습니다.

하지만 클레르발에게서 저는 저의 이전 모습을 보았습니다. 그는 호기심이 많았고 경험과 가르침을 얻으려고 열망했습니다. 그가 관찰한 태도의 차이는 그에게 끝없는 교훈과 오락의 원천이었습니다. 그는 또한 오랫동안 염두에 두었던 목표를 추구하고 있었습니다. 그의 계획은 인도를 방문하는 것이었습니다. 그는 그곳의 다양한 언어에 대한 자신의 지식과 그 사회에 대해 자신이 가진 견해가 유럽 식민지화와 무역의 진전을 실질적으로 도울 수 있는 수단이라고 믿었습니다. 영국에서만 그는 자신의 계획의 실행을 더욱 진척시킬 수 있었습니다. 그는 항상 바빴고, 그의 즐거움에 대한 유일한 제약은 저의 슬프고 낙담한 마음이었습니다. 저는 그가 아무런 걱정이나 쓰라린 기억에 방해받지 않고 새로운 삶의 장면에 들어서는 사람에게 자연스러운 즐거움을 누리는 것을 막지 않도록, 가능한 한 많이 이것을 숨기려 노력했습니다. 저는 혼자 머물기 위해 다른 약속을 핑계로 그와 동행하기를 자주 거절했습니다.

저는 이제 저의 새로운 창조에 필요한 재료를 모으기 시작했고, 이것은 저에게 머리에 끊임없이 떨어지는 한 방울의 물의 고문과 같았습니다. 그것에 바쳐진 모든 생각은 극심한 고통이었고, 그것을 암시하는 제가 말한 모든 단어는 저의 입술을 떨리게 하고 심장을 고동치게 했습니다.

런던에서 몇 달을 보낸 후, 우리는 이전에 제네바에서 우리를 방문했던 스코틀랜드 사람으로부터 편지를 받았습니다. 그는 자신의 고향의 아름다움을 언급하며, 그것들이 우리를 자신이 거주하는 퍼스까지 여행을 연장하도록 유도하기에 충분하지 않느냐고 물었습니다. 클레르발은 열렬히 이 초대를 수락하고 싶어 했고, 저는 비록 사회를 혐오했지만, 산과 시내 그리고 자연이 선택한 거처를 장식하는 모든 경이로운 작품을 다시 보고 싶었습니다.

우리는 10월 초에 영국에 도착했고, 이제 2월이었습니다. 우리는 그에 따라 한 달이 더 지난 후에 북쪽으로 여행을 시작하기로 결심했습니다. 이 원정에서 우리는 에든버러로 가는 큰 길을 따르지 않고, 윈저, 옥스퍼드, 매틀록 그리고 컴벌랜드 호수를 방문하여, 7월 말경에 이 여행을 완료하기로 결심했습니다. 저는 저의 화학 기구와 모았던 재료를 쌌고, 스코틀랜드 북부 고지대의 어떤 외딴 구석에서 저의 노동을 마치기로 결심했습니다.

우리는 3월 27일에 런던을 떠났고, 윈저에서 며칠 동안 머물며 그 아름다운 숲을 산책했습니다. 이것은 우리 산악인들에게 새로운 장면이었습니다. 장엄한 오크나무, 많은 양의 사냥감 그리고 위엄 있는 사슴 무리는 우리에게 모두 새로운 것이었습니다.

그곳에서 우리는 옥스퍼드로 진행했습니다. 이 도시에 들어섰을 때, 우리 마음은 한 세기 반 이상 전에 그곳에서 일어났던 사건들의 기억으로 가득 찼습니다. 찰스 1세가 자신의 군대를 모았던 곳이 바로 여기였습니다. 이 도시는 온 나라가 의회와 자유의 깃발에 합류하기 위해 그의 대의를 버린 후에도 그 불운한 왕에게 충실하게 남아 있었습니다. 그 불운한 왕과 그의 동료들—사랑스러운 포클랜드, 오만한 고링, 그의 왕비와 아들—의 기억은 그들이 거주했을 것이라고 추정되는 도시의 모든 부분에 특별한 흥미를 주었습니다. 옛 시대의 정신이 여기에 거처를 찾았고, 우리는 그 발자취를 더듬는 것을 즐겼습니다.

이러한 감정들이 상상 속의 만족을 찾지 못했더라도, 도시의 모습 자체는 우리의 감탄을 얻기에 충분한 아름다움을 가지고 있었습니다. 대학 건물들은 고대학의 그림 같았고, 거리들은 거의 장엄했습니다. 그리고 그것 옆을 절묘한 푸르름의 초원을 통해 흐르는 사랑스러운 아이시스 강은 평온한 수면으로 펼쳐져 있었는데,

오래된 나무들 사이에 안겨 있는 그것의 장엄한 탑, 첨탑 그리고 돔의 집합체를 반영했습니다.

저는 이 장면을 즐겼지만, 저의 즐거움은 과거의 기억과 미래에 대한 예상 모두로 쓰라렸습니다. 저는 평화로운 행복을 위해 형성되었습니다. 저의 어린 시절 동안 불만은 결코 저의 마음을 방문하지 않았고, 제가 만약 권태에 압도되었더라도, 자연의 아름다운 광경이나 인간의 산물에서 탁월하고 숭고한 것을 연구하는 것은 항상 저의 심장에 흥미를 주고 저의 정신에 탄력성을 전달할 수 있었습니다. 하지만 저는 벼락 맞은 나무입니다. 볼트가 저의 영혼에 들어왔습니다. 그리고 저는 곧 존재하지 않게 될 것—난파된 인간성의 비참한 광경, 다른 사람들에게 가련하고 스스로에게 참을 수 없는—을 드러내기 위해 살아남아야 한다는 것을 그때 느꼈습니다.

우리는 옥스퍼드에서 상당한 기간을 보냈습니다. 그 주변을 산책하며 영국 역사의 가장 활기찬 시대와 관련될 수 있는 모든 장소를 확인하려 노력했습니다. 우리의 작은 발견 항해는 연속적으로 자신을 드러내는 물체들에 의해 종종 연장되었습니다. 우리는 저명한 햄프던의 무덤과 그 애국자가 쓰러진 들판을 방문했습니다. 잠시 동안 저의 영혼은 저를 타락시키고 비참하게 하는 두려움에서 고양되어 이 광경들이 기념비이자 기억하게 하는 자유와 자기 희생의 신성한 생각을 응시했습니다. 한순간 저는 감히 저의 사슬을 떨쳐버리고 자유롭고 숭고한 정신으로 주변을 둘러보았지만, 쇠가 저의 살을 파고들었고, 저는 다시 떨며 희망 없이 저의 비참한 자아 속으로 가라앉았습니다.

우리는 후회하며 옥스퍼드를 떠나 다음 휴식처였던 매틀록으로 진행했습니다. 이 마을 주변의 시골은 스위스의 풍경과 더 큰 정도로 닮았습니다. 하지만 모든 것이 더 낮은 규모이고, 푸른 언덕들은 저의 고향의 소나무 산에 항상 동반되는 멀리 떨어진 흰 알프스의 왕관이 부족합니다. 우리는 경이로운 동굴과 작은 자연사 박물관을 방문했는데, 그곳에서 진귀한 물건들이 세르복스와 샤모니의 수집품들과 같은 방식으로 배열되어 있었습니다. 후자의 이름은 헨리에 의해 발음되었을 때 저를 떨게 했고, 저는 그 끔찍한 장면이 이렇게 연관된 매틀록을 서둘러 떠났습니다.

더비에서 여전히 북쪽으로 여행하면서, 우리는

컴벌랜드와 웨스트모어랜드에서 두 달을 보냈습니다. 저는 이제 거의 스스로가 스위스 산들 사이에 있다고 상상할 수 있었습니다. 산들의 북쪽 측면에 아직 남아 있던 작은 눈 조각들, 호수들, 그리고 바위 투성이 시내의 물보라는 모두 저에게 익숙하고 소중한 광경이었습니다. 여기서도 우리는 몇몇 지인을 만들었는데, 그들은 거의 저를 행복 속으로 속이려 했습니다. 클레르발의 기쁨은 저의 기쁨보다 비례적으로 더 컸습니다. 그의 마음은 재능 있는 사람들과의 동행 속에서 확장되었고, 그는 자신이 열등한 사람들과 어울리는 동안 스스로가 소유했다고 상상할 수 있었던 것보다 더 큰 능력과 자원을 자신의 본성에서 발견했습니다.

"저는 여기서 제 삶을 보낼 수 있습니다." 그가

저에게 말했습니다. “이 정도면 폼 미쳤다! (실력 상태가 절정이다.) 스위스와 라인강을 거의 후회하지 않을 것입니다.”

하지만 그는 여행자의 삶은 그 즐거움 속에서 많은 고통을 포함한다는 것을 발견했습니다. 그의 감정은 영원히 긴장 상태에 있으며, 그가 휴식에 가라앉기 시작할 때, 그는 즐거움으로 쉬고 있는 것을 떠나, 다른 새로운 것을 위해 떠나야 한다는 것을 발견합니다. 그것은 다시 주의를 사로잡고, 그것 역시 다른 새로운 것을 위해 버립니다.

우리는 컴벌랜드와 웨스트모어랜드의 다양한 호수를 간신히 방문하고 일부 주민들에게 애정을 품었을 때, 스코틀랜드 친구와의 약속 기간이 다가왔고, 우리는 그들을 떠나 여행을 계속했습니다. 저 자신의 입장에서는 유감스럽지 않았습니다. 저는 이제 저의 약속을 한동안 소홀히 했었고, 그 악마의 실망의 효과를 두려워했습니다. 그는 스위스에 남아 저의 친척들에게 복수를 할 수도 있었습니다. 이 생각은 저를 추격했고, 달리 휴식과 평화를 낚아챌 수 있었을 모든 순간에 저를 괴롭혔습니다. 저는 열병 같은 초조함으로 저의 편지를 기다렸습니다. 만약 그것들이 지연되면, 저는 비참했고 수많은 두려움에 압도되었습니다. 그리고 그것들이 도착하고 엘리자베스나 아버지의 겉봉투를 보았을 때, 저는 감히 읽고 저의 운명을 확인하려 하지 않았습니다. 때때로 저는 그 악마가 저를 따라와 저의 동반자를 살해함으로써 저의 태만을 촉진할 수도 있다고 생각했습니다. 이러한 생각들이 저를 사로잡았을 때, 저는 단 한 순간도 헨리를 떠나지 않았고, 그의 파괴자의 상상 속의 격노로부터 그를 보호하기 위해 그의 그림자처럼 그를 따랐습니다. 저는 마치 어떤 큰 죄를 저질렀고, 그 의식이 저를 맴도는 것처럼 느꼈습니다. 저는 죄가 없었지만, 저는 정말로 죄만큼이나 치명적인 끔찍한 저주를 저의 머리 위에 끌어내렸습니다.

저는 무기력한 눈과 마음으로 에든버러를 방문했습니다. 그런데도 그 도시는 가장 불행한 존재에게도 흥미를 주었을 수 있습니다. 클레르발은 옥스퍼드만큼 그곳을 좋아하지 않았습니다. 후자의 도시의 고풍스러움이 그에게 더 즐거웠기 때문입니다. 하지만 에든버러 신시가지의 아름다움과 규칙성, 그것의 낭만적인 성과 주변 환경—세계에서 가장 즐거운 곳들—아서스 시트, 세인트 버나드 우물 그리고 펜틀랜드 언덕들이 그의 변화에 보상했고, 그를 쾌활함과 감탄으로 채웠습니다. 하지만 저는 저의 여행의 종착지에 도달하기를 초조해했습니다.

우리는 일주일 후에 에든버러를 떠났습니다. 쿠파, 세인트 앤드류스를 지나, 테이 강변을 따라 퍼스로 갔습니다. 그곳에서 우리 친구가 우리를 기다리고 있었습니다. 하지만 저는 낯선 사람들과 웃고 이야기하거나, 손님에게 기대되는 좋은 기분으로 그들의 감정이나 계획에 참여할 기분이 아니었습니다. 그리고 그에 따라 저는 클레르발에게 스코틀랜드 여행을 혼자 하고 싶다고 말했습니다.

"당신은 즐거운 시간을 보내고, 이곳을 우리의 만남의 장소로 삼읍시다. 저는 한두 달 동안 자리를 비울 수도 있습니다. 하지만 저의 움직임을 방해하지 말아주십시오, 당신에게 간청합니다. 잠시 동안 평화와 고독에 저를 내버려 두십시오. 그리고 제가 돌아올 때, 당신의 기질에 더 맞는 더 가벼운 마음으로 돌아오기를 희망합니다."

헨리는 저를 단념시키려 했지만, 제가 이 계획에 몰두하는 것을 보고 더 이상 반대하지 않았습니다. 그는 자주 편지를 써 달라고 간청했습니다. "저는 당신이 알지 못하는 이 스코틀랜드 사람들과 함께 있는 것보다 당신의 고독한 산책에 함께 있는 것이 더 낫습니다." 그가 말했습니다. "그러니, 나의 친애하는 친구, 빨리 가보자고! 다시 어느 정도 집에 있는 것처럼 느낄 수 있도록 해 주십시오. 당신이 없으면 그럴 수 없습니다."

친구와 헤어진 후, 저는 스코틀랜드의 어떤 외딴 장소를 방문하여 고독 속에서 저의 작업을 마치기로 결심했습니다. 저는 그 괴물이 저를 따라왔고, 제가 완료했을 때 자신을 저에게 드러내어 자신의 동반자를 받을 것이라는 것을 의심하지 않았습니다.

이 결심으로 저는 북부 고지대를 가로질렀고, 저의 노동의 장면으로 오크니 제도의 가장 외딴곳 중 하나를 정했습니다. 그곳은 그러한 작업에 적합한 장소였습니다. 높은 측면이 끊임없이 파도에 두들겨 맞는 바위에 불과했기 때문입니다. 토양은 불모였고, 몇 마리의 비참한 소를 위한 목초와 다섯 명으로 구성된 주민들을 위한 귀리 가루를 간신히 제공했습니다. 그들의 야위고 뼈가 드러난 사지는 그들의 비참한 식사의 징표를 보여주었습니다. 그들이 그런 사치에 탐닉했을 때의 채소와 빵 그리고 심지어 신선한 물도 약

5마일 떨어진 본토에서 조달해야 했습니다.

섬 전체에는 단지 세 채의 비참한 오두막만이 있었고, 제가 도착했을 때 이들 중 하나는 비어 있었습니다. 이것을 저는 세 놓았습니다. 그것은 방 두 개만 있었고, 이것들은 가장 비참한 궁핍의 모든 초라함을 드러냈습니다. 지붕의 짚은 무너져 있었고, 벽은 석고가 칠해지지 않았으며, 문은 경첩에서 떨어져 있었습니다. 저는 그것을 수리하도록 명령하고, 약간의 가구를 사고 점유했습니다. 이 사건은 오두막 주민들의 모든 감각이 궁핍과 초라한 빈곤으로 마비되지 않았더라면 틀림없이 약간의 놀라움을 야기했을 것입니다. 현재 상황으로는, 저는 바라보는 사람 없이, 그리고 방해받지 않고 살았습니다. 제가 준 작은 양의 음식과 옷에 대해 거의 감사조차 받지 못했는데, 고통이 인간의 가장 거친 감각조차 무디게 한다는 것을 상기시켜 주었습니다.

이 은신처에서 저는 오전을 노동에 바쳤습니다. 하지만 저녁에 날씨가 허락했을 때, 저는 바위 투성이 해변을 걸으며 발 아래 포효하고 부딪치는 파도를 들었습니다. 그것은 단조롭지만 항상 변하는 장면이었습니다. 저는 스위스를 생각했습니다. 그것은 이 황량하고 끔찍한 풍경과는 크게 달랐습니다. 그곳의 언덕들은 포도로 덮여 있었고, 그것의 오두막들은 평야에 빽빽하게 흩어져 있었습니다. 그것의 아름다운 호수들은 푸르고 온화한 하늘을 반영했고, 바람에 시달릴 때에도 그것들의 소란은 거대한 바다의 포효와 비교하면 활기찬 아기의 놀이에 불과했습니다.

이런 식으로 저는 처음 도착했을 때 저의 일을 분배했지만, 저의 노동을 진행할수록 그것은 날마다 더 끔찍하고 지루해졌습니다. 때때로 저는 며칠 동안 저의 실험실에 들어갈 수가 없었고, 다른 때는 저의 작업을 완료하기 위해 밤낮으로 고생했습니다. 그것은 실로 제가 몰두했던 더러운 과정이었습니다. 저의 첫 번째 실험 동안, 일종의 열광적인 광기가 저의 일의 공포에 눈이 멀게 했었습니다. 저의 마음은 저의 노동의 완성에 골똘히 고정되어 있었고, 저의 눈은 저의 행위의 공포에 닫혀 있었습니다. 하지만 이제 저는 냉정하게 그것으로 갔고, 저의 심장은 자주 저의 손으로 만든 작품에 역겨움을 느꼈습니다.

이런 상황에서, 가장 혐오스러운 일에 몰두하고, 한순간도 제가 몰두하고 있는 실제 장면에서 저의 주의를 돌릴 수 없었던 고독에 잠겨, 저의 정신은 불안정해졌습니다. 저는 끊임없이 불안하고 신경질적이 되었습니다. 매 순간 저는 저의 박해자와 마주치는 것을 두려워했습니다. 때때로 저는 눈을 땅에 고정한 채 앉아 있었는데, 제가 그토록 보기를 두려워하는 대상과 마주칠까 두려워 눈을 들지 못했습니다. 저는 혼자 있을 때 그가 자신의 동반자를 요구하러 올까 두려워 동료 인간의 시야를 벗어나는 것을 두려워했습니다.

그동안 저는 계속 일했고, 저의 노동은 이미 상당 부분 진척되었습니다. 저는 떨리는 간절한 희망으로 그것의 완료를 바라보았는데, 스스로 질문할 엄두를 내지 못했지만, 가슴 속에서 저의 심장을 메스껍게 만든 모호한 악의 예감과 뒤섞여 있었습니다.

20

어느 날 저녁 저는 실험실에 앉아 있었습니다. 해는 졌고, 달은 막 바다에서 떠오르고 있었습니다. 저에게는 저의 일을 위한 충분한 빛이 없었고, 저는 밤을 위해 저의 노동을 떠나야 할지, 아니면 끊임없는 주의로 그것을 마무리해야 할지 고려하는 틈에 아무것도 하지 않고 머물렀습니다. 제가 앉아 있을 때, 저의 현재 행동의 효과를 고려하게 만든 일련의 성찰이 떠올랐습니다.

3년 전, 저는 같은 방식으로 몰두했고, 비할 데

없는 야만성이 저의 심장을 황폐하게 하고 영원히 가장 쓰라린 후회로 채웠던 악마를 창조했습니다. 저는 이제 그녀의 성품에 대해 똑같이 무지한 또 다른 존재를 형성하려고 했습니다. 그녀는 그녀의 짝보다 만 배 더 악랄해져서, 살인과 비참함을 그 자체로 즐길 수도 있었습니다. 그는 인간의 이웃을 떠나 사막에 숨겠다고 맹세했지만, 그녀는 그렇지 않았습니다. 그리고 모든 개연성으로 생각하고 추론하는 동물이 될 그녀는 자신의 창조 전에 맺어진 협약을 준수하기를 거부할 수도 있었습니다. 그들은 심지어 서로를 미워할 수도 있었습니다. 이미 살아있는 피조물은 자신의 기형을 혐오했고, 그것이 여성 형태로 자신의 눈 앞에 나타났을 때 그것에 대한 더 큰 혐오를 품지 않을까요? 그녀 역시 그에게서 돌아서서 인간의 우월한 아름다움으로 향할 수도 있었습니다. 그녀는 그를 떠날 수도 있었고, 그는 자신의 종족 중 하나에게 버림받은 새로운 도발에 격분하여 다시 혼자가 될 수도 있었습니다.

비록 그들이 유럽을 떠나 신세계의 사막에 거주한다 할지라도, 그 악마가 목말라했던 그 공감의 첫 번째 결과 중 하나는 아이들일 것이고, 지구 상에 악마 종족이 번식하여 인간 종족의 바로 그 존재를 불안정하고 공포로 가득 찬 조건으로 만들 수도 있었습니다. 저에게 저 자신의 이익을 위해 영원한 세대에 이 저주를 가해야 할 권리가 있었을까요? 저는 이전에 제가 창조한 존재의 궤변에 감동받았었습니다. 저는 그의 지옥 같은 위협에 감각을 잃었었습니다. 하지만 이제, 처음으로, 저의 약속의 사악함이 저에게 터져 나왔습니다. 저는 미래 세대가 전 인류의 존재 대가로 자신의 평화를 사는 것을 망설이지 않았던 자신의 이기심 때문에 저를 역병처럼 저주할 수도 있다는 생각에 몸서리쳤습니다.

저는 떨었고 심장이 속에서 무너졌습니다. 눈을 들었을 때, 달빛으로 창문에 악마가 있는 것을 보았기 때문입니다. 그는 그의 입술에 섬뜩한 미소를 지으며 저를 응시했는데, 저는 제가 그에게 할당한 과제를 수행하며 앉아 있었습니다. 예, 그는 저의 여행을 따라왔습니다. 그는 숲에서 꾸물거렸고, 동굴에 숨었거나 넓고 황량한 황무지에 피난했습니다. 그리고 그는 이제 저의 진척을 확인하고 저의 약속의 이행을 요구하러 왔습니다.

제가 그를 바라보았을 때, 그의 용모는 악의와

배신의 극도를 표현했습니다. 저는 그와 같은 다른 존재를 창조하겠다는 저의 약속에 광기의 감각으로 생각했고, 격정에 떨며, 제가 몰두하고 있던 것을 갈기갈기 찢었습니다. 그 불쌍한 존재는 자신의 미래 행복이 달려 있는 피조물을 제가 파괴하는 것을 보았고, 지옥 같은 절망과 복수심의 울부짖음과 함께 물러났습니다.

저는 방을 떠났고, 문을 잠근 후, 결코 저의 노동을 다시 시작하지 않겠다는 엄숙한 맹세를 저의 심장 속에 했습니다. 그리고 떨리는 발걸음으로 저의 아파트를 찾았습니다. 저는 혼자였습니다. 아무도 제 근처에 없어 음울함을 흩어지게 하고 가장 끔찍한 몽상의 메스꺼운 억압에서 저를 구원할 수 없었습니다.

몇 시간이 지났고, 저는 창문 근처에서 바다를

응시하며 남아 있었습니다. 바람이 가라앉았기 때문에 거의 움직임이 없었고, 온 자연은 고요한 달의 눈 아래 휴식했습니다. 몇 척의 어선만이 물에 점을 찍었고, 이따금 어부들이 서로 부르는 목소리가 부드러운 산들바람에 실려 왔습니다. 저는 그 극도의 깊이를 거의 의식하지 못했지만, 고요함을 느꼈습니다. 갑자기 노 젓는 소리가 해변 근처에서 저의 귀를 붙잡았고, 한 사람이 저의 집 가까이 상륙했습니다.

몇 분 후, 저는 누군가가 부드럽게 열려고 노력하는 듯한 저의 문의 삐걱거리는 소리를 들었습니다. 저는 머리부터 발끝까지 떨렸습니다. 저는 그것이 누구인지 예감했고, 저의 오두막에서 멀지 않은 곳에 거주하는 농민들 중 하나를 깨우고 싶었습니다. 하지만 저는 다가오는 위험에서 헛되이 도망치려 노력할 때 자주 느끼는 끔찍한 꿈 속의 무력감에 압도되었고, 그 자리에 뿌리 박힌 듯했습니다.

곧 저는 복도를 따라 발소리를 들었습니다. 문이 열렸고, 제가 두려워했던 그 불쌍한 존재가 나타났습니다. 문을 닫고, 그는 저에게 다가와 억눌린 목소리로 말했습니다.

"당신은 시작했던 작품을 파괴하셨습니다. 당신이 의도하시는 것이 무엇입니까? 당신은 감히 당신의 약속을 어기십니까? 저는 노고와 비참함을 견뎌냈습니다. 저는 당신과 함께 스위스를 떠났습니다. 저는 라인 강변을 따라, 그것의 버드나무 섬 사이를 가로질러, 그것의 언덕 정상을 넘어 기어갔습니다. 저는 영국의 황무지와 스코틀랜드의 사막에서 몇 달 동안 거주했습니다.

저는 헤아릴 수 없는 피로와 추위 그리고 굶주림을 견뎌냈습니다. 당신은 감히 저의 희망을 파괴하십니까?"

"사라져라! 나는 내가 한 약속을 어길 것이다. 다시는 너 자신처럼 기형과 사악함에 있어 동등한 또 다른 존재를 창조하지 않을 것이다."

"노예여, 저는 이전에 당신과 이성적으로 논쟁했지만, 당신은 저의 겸손에 합당하지 않음을 증명하셨습니다. 저에게 힘이 있음을 기억하십시오. 당신은 스스로 비참하다고 믿지만, 저는 당신을 낮의 빛이 당신에게 혐오스러울 정도로 비참하게 만들 수 있습니다. 당신은 저의 창조자이지만, 저는 당신의 주인입니다. 복종하십시오!"

"나의 망설임의 시간은 지났고, 너의 힘의

시기가 도착했다. 너의 위협은 나를 사악한 행동을 하도록 움직일 수 없다. 하지만 그것들은 나에게 악덕의 동반자를 창조하지 않겠다는 결심을 확인시켜 줬다. 나는 냉정한 피 속에서, 죽음과 비참함을 즐기는 악마를 이 세상에 풀어놓아야 할까? 사라져라! 나는 확고하며, 너의 말은 단지 나의 격노를 악화시킬 뿐이다. 킹반네!"

괴물은 저의 결심을 저의 얼굴에서 보았고 분노의 무력감 속에서 이를 갈았습니다.

"각 사람은 자신의 가슴을 위한 아내를 찾아야 하고, 각 짐승은 자신의 짝을 가져야 하는데, 저는 혼자여야 합니까?" 그가 외쳤습니다. "저는 애정의 감정을 가졌지만, 그것들은 혐오와 경멸로 보답받았습니다. 인간! 당신은 미워할 수 있지만, 조심하십시오! 당신의 시간은 두려움과 비참함 속에서 지나갈 것이며, 곧 당신의 행복을 영원히 빼앗아 갈 볼트가 떨어질 것입니다. 제가 저의 비참함의 강렬함 속에서 뒹굴 동안 당신은 행복해야 합니까? 당신은 저의 다른 열정을 파멸시킬 수 있지만, 복수는 남습니다—복수는, 이제부터 빛이나 음식보다 더 소중합니다! 저는 죽을 수도 있지만, 먼저 당신, 저의 폭군이자 고문자는 당신의 비참함을 바라보는 태양을 저주해야 할 것입니다. 조심하십시오! 저는 두려움이 없으며 따라서 강력합니다. 저는 그것의 독으로 쏠 수 있도록 뱀의 교활함으로 지켜볼 것입니다. 인간, 당신은 당신이 가하는 상해를 후회하게 될 것입니다."

"악마여, 그만! 그리고 이 악의의 소리로 공기를 독살하지 마라. 나는 너에게 내 결심을 선언했고,

나는 말 아래 굴복할 겁쟁이가 아니다. 내게서 떠나라! 나는 용서하지 않는다."

"좋습니다. 저는 가겠습니다. 하지만 기억하십시오, 저는 당신의 결혼식 밤에 당신과 함께 있을 것입니다."

저는 앞으로 뛰어나가 외쳤습니다. "악당! 네가 나의 사형 영장에 서명하기 전에, 너 자신이 안전한지 확신하라."

저는 그를 붙잡으려 했지만, 그는 저를 피했고 황급히 집을 떠났습니다. 몇 순간 후 저는 그가 자신의 배에 있는 것을 보았는데, 그것은 화살 같은 빠르기로 물을 가로질러 쏘아져 나갔고 곧 파도 속으로 사라졌습니다.

모든 것은 다시 고요했지만, 그의 말이 저의 귀에 울려 퍼졌습니다. 저는 저의 평화를 살해한 그를 추격하고 그를 대양 속으로 추락시키기 위해 분노로 타올랐습니다. 저는 저의 방을 성급하게 그리고 혼란스럽게 왔다 갔다 걸었고, 그동안 저의 상상력은 저를 괴롭히고 찌르기 위해 수많은 이미지를 불러냈습니다. 왜 저는 그를 따라가 필사적인 싸움으로 그와 맞붙지 않았을까요? 하지만 저는 그가 떠나도록 허용했고, 그는 본토를 향해 경로를 잡았습니다. 저는 그의 만족할 줄 모르는 복수심에 희생될 다음 희생자가 누구일지 생각하며 몸서리쳤습니다. 그리고 나서 저는 다시 그의 말을 생각했습니다—"저는 당신의 결혼식 밤에 당신과 함께 있을 것입니다." 그렇다면, 그것이 저의 운명의 성취를 위해 정해진 시기였습니다. 그 시간에 저는 죽을 것이며, 단번에 그의 악의를 만족시키고 소멸시킬 것입니다. 그

전망은 저를 두려움으로 움직이지 않았지만, 제가 사랑하는 엘리자베스, 그녀의 눈물과 끝없는 슬픔을 생각했을 때, 그녀의 연인이 그토록 야만적으로 그녀에게서 빼앗겼다는 것을 알게 될 때, 수개월 동안 흘리지 않았던 첫 눈물이 저의 눈에서 흘러내렸고, 저는 쓰라린 투쟁 없이 적 앞에 쓰러지지 않기로 결심했습니다.

밤은 지나갔고, 태양은 대양에서 떠올랐습니다. 저의 감정은 더 침착해졌습니다. 만약 격노의 격렬함이 절망의 깊은 곳으로 가라앉는 것을 침착함이라고 부를 수 있다면 말입니다. 저는 지난밤의 다툼의 끔찍한 장면이었던 집을 떠나 해변을 걸었습니다. 그것을 거의 저와 저의 동료 인간들 사이의 넘을 수 없는 장벽으로 여겼습니다. 아니, 그러한 사실이 증명되기를 바라는 소망이 저를 스쳐 지나갔습니다. 저는 저의 삶을 그 황량한 바위에서 보내고 싶었습니다. 비록 힘들겠지만, 어떤 갑작스러운 비참함의 충격에도 방해받지 않고. 만약 제가 돌아간다면, 희생되거나 제가 가장 사랑하는 사람들이 제가 스스로 창조한 악마의 손아귀 아래서 죽는 것을 보게 될 것이었습니다.

저는 마치 자신이 사랑하는 모든 것에서 분리되어 비참한 불안한 유령처럼 섬 주위를 걸었습니다. 정오가 되었고, 태양이 더 높이 솟아올랐을 때, 저는 풀밭에 누워 깊은 잠에 압도되었습니다. 저는 전날 밤 내내 깨어 있었고, 저의 신경은 불안정했으며, 저의 눈은 밤샘과 비참함으로 염증을 일으켰습니다. 제가 이제 빠져든 잠은 저를 상쾌하게 했고, 제가 깨어났을 때, 저는 다시 저 자신과 같은 인간 종족에

속한다는 것처럼 느꼈고, 더 큰 평정 속에서 일어난 일을 성찰하기 시작했습니다. 여전히 그 악마의 말은 죽음의 종소리처럼 저의 귀에 울려 퍼졌습니다. 그것들은 꿈처럼 보였지만, 현실처럼 분명하고 억압적이었습니다.

태양은 훨씬 아래로 내려갔고, 저는 여전히 해변에 앉아 있었습니다. 굶주림이 심해진 저의 식욕을 귀리 케이크로 채우고 있을 때, 저는 낚싯배가 제 가까이에 상륙하는 것을 보았고, 선원 중 한 명이 저에게 소포를 가져왔습니다. 그것은 제네바에서 온 편지들과 클레르발에게서 온 편지 하나를 포함하고 있었는데, 저에게 합류해 달라고 간청하는 내용이었습니다. 그는 자신이 있는 곳에서 시간을 헛되이 보내고 있었고, 런던에서 사귄 친구들로부터 온 편지들이 그의 인도 사업을 위해 그들이 체결했던 협상을 완료하기 위해 그의 복귀를 바라고 있다고 말했습니다. 그는 더 이상 자신의 출발을 늦출 수 없었지만, 런던으로의 여행이 그가 지금 추측하는 것보다 더 빨리 그의 더 긴 항해로 이어질 수도 있기 때문에, 그는 저에게 자신이 할애할 수 있는 만큼 저와 함께 해달라고 간청했습니다. 따라서 그는 저에게 저의 고독한 섬을 떠나 퍼스에서 자신을 만나, 함께 남쪽으로 진행하자고 간청했습니다. 이 편지는 어느 정도 저를 삶으로 되돌려 놓았고, 저는 이틀이 지난 후 섬을 떠나기로 결심했습니다.

하지만, 제가 떠나기 전에, 성찰하는 것만으로도 몸서리치는 임무가 남아 있었습니다. 저는 저의 화학 기구들을 포장해야 했고, 그 목적을 위해 저의 혐오스러운 작업의 장면이었던 방에 들어가야 했으며, 저에게 메스꺼움을 주는 그 도구들을 다뤄야 했습니다. 다음 날 아침, 날이 밝자마자, 저는 충분한 용기를 내어 저의 실험실의 문을 열었습니다. 제가 파괴했던 반쯤 완성된 피조물의 잔해가 바닥에 흩어져 있었고, 저는 거의 살아있는 인간의 살점을 난도질한 것처럼 느꼈습니다. 저는 스스로를 추스르기 위해 멈췄다가 방에 들어섰습니다. 떨리는 손으로 저는 그 도구들을 방에서 옮겼습니다. 하지만 저는 저의 작업의 유물을 농민들의 공포와 의심을 불러일으키도록 남겨두어서는 안 된다고 성찰했습니다. 그리고 저는 그에 따라 그것들을 많은 돌과 함께 바구니에 넣고, 그것들을 쌓아두고, 바로 그날 밤 바다에 던지기로 결심했습니다. 그리고 그동안 저는 해변에 앉아 저의 화학 장치를 청소하고 정리하는

데 몰두했습니다.

그 악마의 출현의 밤 이후로 저의 감정에 일어났던 변화보다 더 완벽한 것은 없었습니다. 저는 이전에 저의 약속을 어떤 결과가 따르더라도 이행되어야 할 것으로 음울한 절망 속에서 간주했습니다. 하지만 저는 이제 마치 눈앞에서 막이 걷힌 것처럼 느꼈고, 처음으로 명확하게 보았습니다. 저의 노동을 갱신할 생각은 단 한순간도 저에게 떠오르지 않았습니다. 제가 들었던 위협은 저의 생각을 짓눌렀지만, 저는 저의 자발적인 행동이 그것을 피할 수 있으리라고 성찰하지 않았습니다. 저는 나 자신이 처음 만든 그 악마와 같은 또 다른 존재를 창조하는 것은 가장 비열하고 극악무도한 이기심의 행위가 될 것이라고 저의 마음속으로 결심했고, 다른 결론으로 이어질 수 있는 모든 생각을 저의 마음에서 추방했습니다.

새벽 두 시에서 세 시 사이에 달이 떠올랐고, 저는 그때, 저의 바구니를 작은 스쿠너(돛단배)에 싣고, 해안에서 약 4마일 떨어진 곳으로 항해했습니다. 그 장면은 완벽하게 고독했습니다. 몇 척의 배가 육지를 향해 돌아오고 있었지만, 저는 그들에게서 멀리 항해했습니다. 저는 마치 끔찍한 범죄를 저지르려 하는 것처럼 느꼈고, 떨리는 불안감으로 저의 동료 인간과의 어떤 마주침도 피했습니다. 한때 맑았던 달은 갑자기 두꺼운 구름으로 덮였고, 저는 어둠의 순간을 이용하여 바구니를 바다에 던졌습니다. 저는 그것이 가라앉는 동안 꾸르륵거리는 소리를 들었고 그 장소에서 멀리 항해했습니다. 하늘은 흐려졌지만,

공기는 순수했고, 그때 불기 시작한 북동풍에 차가워졌습니다. 하지만 그것은 저를 상쾌하게 했고 그토록 즐거운 감각으로 저를 채웠기 때문에, 저는 물 위에서의 머무름을 연장하기로 결심했고, 키를 직선 위치에 고정하고, 배 바닥에 몸을 뻗었습니다. 구름이 달을 가렸고, 모든 것이 모호했으며, 저는 그것의 용골이 파도를 가르는 배의 소리만을 들었습니다. 그 웅성거림이 저를 달랬고, 짧은 시간 안에 저는 깊이 잠들었습니다.

저는 이 상황에 얼마나 오래 머물렀는지 모르지만, 깨어났을 때 태양이 이미 상당히 높이 올랐다는 것을 발견했습니다. 바람은 강했고, 파도는 끊임없이 저의 작은 스쿠너의 안전을 위협했습니다. 저는 바람이 북동풍이었고, 제가 출발했던 해안에서 저를 멀리 몰아왔음에

틀림없다는 것을 발견했습니다. 저는 항로를 바꾸려 노력했지만, 다시 시도한다면 배가 즉시 물로 가득 찰 것이라는 것을 재빨리 알았습니다. 이렇게 된 상황에서, 저의 유일한 자원은 바람을 따라 가는 것이었습니다. 저는 약간의 공포감을 느꼈다는 것을 고백합니다. 저에게는 나침반이 없었고, 이 세계 부분의 지리에 대해 너무나 약하게 알고 있어서 태양은 저에게 거의 도움이 되지 못했습니다. 저는 광활한 대서양으로 몰려가 굶주림의 모든 고통을 느끼거나 제 주변에서 포효하고 강타하는 헤아릴 수 없는 물속으로 삼켜질 수도 있었습니다. 저는 이미 몇 시간 동안 밖에 있었고, 타는 듯한 갈증의 고통—저의 다른 고통들의 전주곡—을 느꼈습니다. 저는 구름이 바람을 따라 날아가는 하늘을 바라보았지만, 다른 구름으로 대체될 뿐이었습니다. 저는 바다를 바라보았습니다. 그것은 저의 무덤이 될 것이었습니다.

"악마, 스불재(스스로 불러온 재앙)가 이렇게 끝나는구나!"

저는 엘리자베스, 저의 아버지 그리고 클레르발—괴물이 그의 피의 무자비한 열정을 만족시킬 수도 있는 모두 뒤에 남겨진—을 생각했습니다. 이 생각은 저를 너무나 절망적이고 끔찍한 몽상 속으로 빠뜨렸는데, 장면이 저에게 영원히 닫히기 직전인 지금도, 그것을 성찰하는 것만으로도 몸서리쳐진다는 것을 말입니다.

몇 시간이 이렇게 지났습니다. 하지만 점차적으로, 태양이 지평선을 향해 기울면서, 바람은 부드러운 산들바람으로 잦아들었고,

바다는 파도가 없어졌습니다. 하지만 이것들은 큰 파도로 대체되었습니다. 저는 배멀미를 느꼈고, 키를 잡고 있기 힘들었을 때, 갑자기 남쪽을 향해 높은 땅의 선을 보았습니다.

몇 시간 동안 제가 견뎌냈던 피로와 끔찍한 불안감으로 거의 쇠진했지만, 삶의 이 갑작스러운 확실성이 따뜻한 기쁨의 홍수처럼 저의 심장으로 밀려왔고, 눈물이 저의 눈에서 솟구쳤습니다. 우리 감정은 얼마나 변화무쌍하며, 극도의 비참함 속에서조차 우리가 삶에 대한 그토록 집착하는 사랑은 얼마나 이상합니까! 저는 저의 옷의 일부로 또 다른 돛을 만들었고, 간절히 땅을 향해 항로를 잡았습니다. 그것은 황량하고 바위 투성이의 모습이었지만, 가까이 다가갈수록 경작의 흔적을 쉽게 인지했습니다. 저는 해안 근처에서 배들을 보았고, 스스로 문명화된 인간의 이웃으로 갑자기 이송되었다는 것을 발견했습니다. 저는 땅의 굽이를 조심스럽게 추적했고, 마침내 작은 곶 뒤에서 나오는 첨탑을 향해 신호했습니다. 저는 극도의 허약함 상태에 있었기 때문에, 가장 쉽게 영양을 구할 수 있는 곳으로서 마을을 향해 직접 항해하기로 결심했습니다. 다행히 저에게는 돈이 있었습니다. 제가 곶을 돌았을 때, 작고 깔끔한 마을과 좋은 항구를 인지했고, 예상치 못한 탈출에 기쁨으로 고동치는 심장으로 그곳에 진입했습니다.

제가 배를 고정하고 돛을 정리하는 데 몰두하고 있을 때, 여러 사람이 그 장소로 몰려들었습니다. 그들은 저의 모습에 크게 놀란 듯 보였지만, 저에게 어떤 도움도 제공하는 대신, 다른 때라면 저에게 약간의 불안감을 유발했을 수도 있는 몸짓으로 함께 속삭였습니다. 현재 상황으로는, 저는 단지 그들이 영어를 말한다는 것을 알아차렸고, 따라서 그 언어로 그들에게 말을 걸었습니다.

"나의 착한 친구들, 이 마을의 이름을 알려 주시고 제가 어디에 있는지 알려주시면 친절하시겠습니다."

"그것은 곧 알게 될 것입니다." 쉰 목소리를 가진 남자가 대답했습니다. "어쩌면 당신은 당신의 취향에 그다지 맞지 않을 곳에 왔을 수도 있지만, 당신의 숙소에 대해 상담받지 않을 것이라고 약속합니다."

저는 낯선 이로부터 그토록 무례한 대답을 받고 극도로 놀랐고, 그의 동료들의 찡그린 화난 얼굴을 인지하고 당황했습니다.

"왜 그렇게 거칠게 대답하십니까?" 저는 대답했습니다. "확실히 영국인들의 관습이 낯선 사람들을 그토록 불친절하게 맞이하는 것은 아닐 텐데요."

"저는 영국인들의 관습이 무엇인지 모릅니다." 그 남자가 말했습니다. "하지만 악당을 미워하는 것은 아일랜드인들의 국룰입니다."

이 이상한 대화가 계속되는 동안, 저는 군중이 빠르게 증가하는 것을 인지했습니다. 그들의 얼굴은 호기심과 분노가 뒤섞인 것을 표현했는데, 그것은 저를 짜증나게 하고 어느 정도 불안하게 했습니다. 저는 여관으로 가는 길을 물었지만, 아무도 대답하지 않았습니다. 저는 그러고 나서 앞으로 움직였고, 군중이 저를 따르고 둘러쌀 때 웅성거리는 소리가 솟아올랐습니다. 그때 불쾌한

외모의 남자가 다가와 저의 어깨를 톡톡 치며 말했습니다. "이리 오십시오, 선생. 당신은 당신 자신에 대해 커윈 씨에게 설명하기 위해 나를 따라와야 합니다."

"커윈 씨가 누구입니까? 왜 제가 저 자신에 대해 설명해야 합니까? 이곳은 자유로운 나라가 아닙니까?"

"예, 선생, 정직한 사람들에게는 충분히 자유롭습니다. 커윈 씨는 치안 판사입니다. 그리고 당신은 지난밤 여기서 살해된 채 발견된 신사의 죽음에 대해 설명해야 합니다."

이 대답은 저를 깜짝 놀라게 했지만, 저는 곧 스스로 평정을 찾았습니다. 저는 무죄였습니다. 그것은 쉽게 증명될 수 있었습니다. 그에 따라 저는 침묵 속에서 저의 안내자를 따랐고, 마을의 가장 좋은 집 중 하나로 안내되었습니다. 저는 피로와 굶주림으로 쓰러질 뻔했지만, 군중에 둘러싸여 있었기 때문에, 어떤 육체적 쇠약도 불안이나 양심적인 죄책감으로 해석되지 않도록 저의 모든 힘을 끌어모으는 것이 현명하다고 생각했습니다. 저는 몇 순간 안에 저를 압도하고 수치나 죽음의 모든 두려움을 공포와 절망으로 꺼버릴 재앙을 그때 거의 예상하지 못했습니다.

저는 여기서 멈춰야 하겠습니다. 저의 회상에 적절한 세부 사항으로 제가 이야기하려는 끔찍한 사건의 기억을 떠올리기 위해서는 저의 모든 굳건함이 필요하기 때문입니다.

21

저는 곧 치안 판사의 면전으로 안내되었습니다. 온화하고 온순한 태도를 가진 연로하고 자비로운 남자였습니다. 하지만 그는 어느 정도 엄격함으로 저를 바라보았고, 그러고 나서 저의 안내자들을 향해 돌아서서, 이 사건에 증인으로 누가 나타났는지 물었습니다.

약 반 다스의 남자가 앞으로 나왔고, 한 명이 치안 판사에 의해 선택되었습니다. 그는 전날 밤 자신의 아들과 처남인 다니엘 너젠트와 함께 낚시를 나갔을 때, 열 시경 강한 북풍이 솟아오르는 것을 관찰했고, 그에 따라 항구로 배를 댔다고 진술했습니다. 달이 아직 뜨지 않았기 때문에 매우 어두운 밤이었습니다. 그들은 항구에 상륙하지 않고, 그들이 익숙했던 대로, 약 2마일 아래의 작은 물줄기에 상륙했습니다. 그는 낚시 도구의 일부를 들고 먼저 걸었고, 그의 동료들은 약간 떨어진 곳에서 그를 따랐습니다. 그가 모래사장을 따라 걷고 있을 때, 무언가에 발을 부딪히고 땅에 쓰러졌습니다. 그의 동료들이 그를 돕기 위해 왔고, 그들의 랜턴 불빛으로 그가 모든 면에서 죽은 듯한 남자의 몸 위에 쓰러졌다는 것을 발견했습니다. 그들의 첫 번째 추정은 그것이 물에 빠져 죽었고 파도에 해변으로 던져진 사람의 시신이라는 것이었지만, 조사 결과 그들은 옷이 젖지 않았고 심지어 몸이 그때 차가워지지 않았다는 것을 발견했습니다. 그들은 즉시 그것을 근처 노파의 오두막으로 옮겼고, 그것을 소생시키려 노력했지만 헛수고였습니다. 그것은 약 25세 정도의 잘생긴 젊은이로 보였습니다. 그는 목에 손가락의 검은 자국 외에는 어떤 폭력의 징후도 없었기 때문에 목이 졸린 듯 보였습니다.

이 진술의 첫 번째 부분은 저에게 전혀 흥미를 주지 못했지만, 손가락 자국이 언급되었을 때, 저는 저의 동생의 살해를 기억했고, 스스로 극도로 동요하는 것을 느꼈습니다. 저의 사지는 떨렸고, 눈에 안개가 덮여, 지지를 위해 의자에 기대야 했습니다. 치안 판사는 날카로운 눈으로 저를 관찰했고, 물론 저의 태도에서 불리한 징조를 끌어냈습니다.

아들은 아버지의 이야기를 확인했지만, 다니엘 너젠트가 불려 나왔을 때, 그는 자신의 동반자가 넘어지기 직전, 해안에서 가까운 거리에 한 남자가 탄 배를 보았다고 단정적으로 맹세했습니다. 그리고 그가 몇 개의 별빛으로 판단할 수 있는 한, 그것은 제가 방금 상륙했던 바로 그 배였습니다.

한 여인은 자신이 해변 근처에 살고 있었고, 시신 발견 소식을 듣기 약 한 시간 전, 어부들이 돌아오기를 기다리며 자신의 오두막 문에 서 있었을 때, 한 남자만 탄 배가 시신이 나중에 발견된 해안 부분에서 밀고 나가는 것을 보았다고 진술했습니다.

또 다른 여인은 어부들이 시신을 자신의 집으로 가져왔다는 이야기를 확인했습니다. 그것은 차갑지 않았습니다. 그들은 그것을 침대에 눕히고

문질렀고, 다니엘은 약국으로 갔지만, 생명은 완전히 사라진 상태였습니다.

여러 명의 다른 남자가 저의 상륙에 대해 심문받았고, 그들은 그날 밤 동안 일어난 강한 북풍으로 제가 여러 시간 동안 표류했을 가능성이 매우 높고, 제가 출발했던 거의 같은 지점으로 돌아와야 했을 것이라고 동의했습니다. 게다가, 그들은 제가 시신을 다른 곳에서 가져온 듯 보였고, 제가 해안을 알지 못하는 듯했기 때문에, 제가 시신을 두었던 곳에서 마을까지의 거리를 모른 채 항구에 들어왔을 수도 있다고 관찰했습니다.

커윈 씨는 이 증거를 들은 후, 저를 시신이 매장을 위해 놓여 있는 방으로 데려가, 그것을 보는 것이 저에게 어떤 효과를 낳을지 관찰해야 한다고 요청했습니다. 이 생각은 아마도 살해 방식이 묘사되었을 때 제가 보였던 극도의 동요로 인해 제안되었을 것입니다. 저는 그에 따라 치안 판사와 다른 여러 사람들에 의해 여관으로 안내되었습니다. 저는 이 사건이 많은 밤 동안 일어났던 이상한 우연의 일치에 놀라지 않을 수 없었습니다. 하지만, 시신이 발견된 시간 쯤 제가 거주했던 섬에서 여러 사람과 대화하고 있었다는 것을 알았기 때문에, 저는 이 사건의 결과에 대해 완전히 평온했습니다.

저는 시신이 놓여 있는 방에 들어섰고, 관으로 이끌려 갔습니다. 그것을 보는 순간 저의 감각을 어떻게 묘사할 수 있을까요? 저는 여전히 공포에 목이 탔고, 그 끔찍한 순간을 전율과 고통 없이 성찰할 수 없습니다. 헨리 클레르발의 생명 없는 형태가 제 앞에 뻗어 있는 것을 보았을 때, 심문,

치안 판사와 증인들의 존재는 저의 기억에서 꿈처럼 지나갔습니다. 저는 숨을 헐떡였고, 시신에 몸을 던지며 외쳤습니다.

"나의 살인적인 계략이 너 역시, 나의 가장 사랑하는 헨리, 생명을 빼앗았느냐? 나는 이미 둘을 파괴했습니다. 다른 희생자들이 그들의 운명을 기다리고 있지만, 너, 클레르발, 나의 친구, 나의 은인—"

인간의 몸은 제가 견뎌냈던 고통을 더 이상 지탱할 수 없었고, 저는 강한 경련 속에서 방에서 옮겨졌습니다.

열병이 뒤따랐습니다. 저는 두 달 동안 죽음의 문턱에 누워 있었습니다. 저의 헛소리는 나중에 들었듯이, 끔찍했습니다. 저는 스스로를 윌리엄, 저스틴 그리고 클레르발의 살인자라고 불렀습니다. 때때로 저는 저의 시중드는 사람들에게 저를 괴롭히는 악마의 파괴를 돕도록 간청했습니다. 다른 때는 괴물의 손가락이 이미 저의 목을 움켜쥐는 것을 느꼈고, 고통과 공포로 크게 비명을 질렀습니다. 다행히, 제가 저의 모국어를 말했기 때문에, 커윈 씨만이 저를 이해했습니다. 하지만 저의 몸짓과 쓰라린 울음은 다른 증인들을 겁먹게 하기에 충분했습니다.

왜 저는 죽지 않았을까요? 이전에 어떤 사람보다 더 비참한 저는 왜 망각과 휴식 속으로 가라앉지 않았을까요? 죽음은 그들의 열렬한 부모의 유일한 희망인 많은 피어나는 아이들을 낚아챕니다. 얼마나 많은 신부와 젊은 연인들이 하루는 건강과 희망의 만개에 있었고, 다음 날은 벌레와 무덤의 부패의 먹이가 되었던가요! 저는 어떤 재료로 만들어졌길래 끊임없이 고문을 갱신하는 바퀴의 회전 같은 그토록 많은 충격에 저항할 수 있었을까요?

하지만 저는 살아남도록 운명 지어졌고, 두 달 후 저는 마치 꿈에서 깨어난 것처럼, 간수, 교도관, 빗장 그리고 지하 감옥의 모든 비참한 장치에 둘러싸인, 초라한 침대에 뻗어 있는 감옥 속에 있는 저 자신을 발견했습니다. 제가 이렇게 이해력으로 깨어났을 때는 아침이었다고 기억합니다. 저는 일어났던 일의 세부 사항을 잊었고, 단지 어떤 큰 불행이 갑자기 저를 압도했다는 것처럼 느꼈습니다. 하지만 저는 주변을 둘러보고 쇠창살 달린 창문과 제가 있는 방의 초라함을 보았을 때, 모든 것이 저의 기억 속으로 섬광처럼 왔고, 저는 쓰라리게 신음했습니다.

이 소리는 저의 옆 의자에서 잠자고 있던 한 노파를 방해했습니다. 그녀는 고용된 간호사였고, 교도관 중 하나의 아내였으며, 그녀의 용모는 종종 그 계층을 특징짓는 모든 나쁜 자질을 표현했습니다. 그녀의 얼굴 윤곽은 비참한 광경에 공감하지 않고 보는 데 익숙한 사람들의 그것처럼 단단하고 거칠었습니다. 그녀의 어조는 그녀의 완전한 무관심을 표현했습니다. 그녀는 영어로 저에게 말을 걸었고, 그 목소리는 제가 저의 고통 동안 들었던 것처럼 저를 강타했습니다.

"이제 좀 나으셨습니까, 선생님?" 그녀가 말했습니다.

저는 같은 언어로 미약한 목소리로 대답했습니다.

"그런 것 같습니다. 하지만 만약 모든 것이

사실이라면, 만약 제가 정말로 꿈꾸지 않았다면, 저는 이 비참함과 공포를 느끼기 위해 여전히 살아 있다는 것이 유감입니다."

그 노파가 대답했습니다.

"그 문제에 대해서는, 만약 당신이 살해한 신사에 대해 말하는 것이라면, 저는 당신이 죽었더라면 더 좋았을 것이라고 믿습니다. 저는 당신에게 일이 힘들게 돌아갈 것이라고 상상하기 때문입니다! 하지만, 그것은 나의 알 바가 아닙니다. 저는 당신을 간호하고 당신을 낫게 하기 위해 보내졌습니다. 저는 안전한 양심으로 저의 의무를 다합니다. 모든 사람이 같은 일을 한다면 좋을 텐데요."

저는 방금 죽음의 문턱에서 구원받은 사람에게 그토록 무정한 말을 할 수 있는 여인에게서 혐오감을 느끼며 돌아섰습니다. 하지만 저는 나른했고, 일어난 모든 것을 성찰할 수 없었습니다. 저의 삶의 전체 과정이 저에게는 꿈처럼 보였습니다. 저는 때때로 그것이 정말로 모두 사실인지 의심했습니다. 그것이 결코 현실의 힘으로 저의 마음에 나타나지 않았기 때문입니다.

제 앞에 떠다니는 이미지들이 더 분명해지자, 저는 열병을 느꼈습니다. 어둠이 저를 둘러쌌습니다. 사랑의 온화한 목소리로 저를 달래주는 사람은 아무도 없었습니다. 어떤 소중한 손도 저를 지지하지 않았습니다. 의사가 와서 약을 처방했고, 노파가 저를 위해 그것들을 준비했습니다. 하지만 완전한 부주의가 전자에게서 보였고, 후자의 얼굴에는 야만성의 표현이 강하게 새겨져 있었습니다. 누가 살인자의 운명에 관심을 가질 수 있을까요? 자신의 수수료를 얻을 교수대 외에는!

이것들이 저의 첫 번째 성찰이었지만, 저는 곧 커윈 씨가 저에게 극도의 친절함을 보여주었다는 것을 알았습니다. 그는 감옥에서 가장 좋은 방이 저를 위해 준비되도록 했고 (가장 좋은 것조차 정말로 비참했습니다), 의사와 간호사를 마련한 사람은 바로 그였습니다. 사실, 그는 저를 자주 보러 오지 않았습니다. 비록 그가 모든 인간 피조물의 고통을 덜어주기를 열렬히 바랐지만, 그는 살인자의 고통과 비참한 헛소리에 입회하고 싶지 않았습니다. 따라서 그는 때때로 제가 소홀히 되지 않는지 보러 왔지만, 그의 방문은 짧았고 긴 간격을 두고 있었습니다.

어느 날, 제가 점차적으로 회복하고 있을 때,

저는 의자에 앉아 있었고, 저의 눈은 반쯤 떠 있었으며, 저의 뺨은 죽음의 그것처럼 핏기가 없었습니다. 저는 음울함과 비참함에 압도되었고, 저에게 비참함으로 가득 찬 세상에서 남아 있기를 바라는 것보다 죽음을 찾는 것이 더 낫다고 자주 성찰했습니다. 한때 저는 스스로 유죄를 선언하고, 불쌍한 저스틴이 그랬던 것보다 덜 순수하게, 법의 처벌을 받아야 할지 고려했습니다. 이러한 생각을 하고 있을 때, 문이 열렸고, 커윈 씨가 들어섰습니다. 그의 용모는 공감과 연민을 표현했습니다. 그는 저의 의자 가까이 의자를 끌어당기고 프랑스어로 저에게 말을 걸었습니다.

"이곳이 당신에게 매우 충격적일까 두렵습니다. 제가 당신을 더 편안하게 하기 위해 무엇이든 할 수 있을까요?"

"감사합니다. 하지만 당신이 언급하는 모든 것은 저에게 아무것도 아닙니다. 온 지구상에는 제가 받을 수 있는 위안이 없습니다."

"저 역시 낯선 사람의 공감이 당신처럼 이상한 불행에 짓눌린 사람에게 거의 안도감을 줄 수 없다는 것을 압니다. 하지만 당신은 이 멜랑콜리한 거처를 곧 떠날 것이라고 희망합니다. 왜냐하면 당신을 형사 고발에서 자유롭게 할 증거가 쉽게 제시될 수 있다는 것은 의심의 여지가 없기 때문입니다."

"그것은 저의 가장 작은 걱정거리입니다. 저는 이상한 사건들의 과정으로 필멸의 존재 중 가장 비참한 존재가 되었습니다. 제가 박해받고 고문받고 있는 상태에서, 죽음이 저에게 어떤 악이 될 수 있을까요?"

“정말로 최근에 발생한 이상한 우연보다 더 불행하고 고통스러운 것은 없을 수 있습니다. 당신은 어떤 놀라운 사고로 이 해안에 던져졌고, 환대로 유명한 이곳에서 즉시 붙잡히고 살인 혐의를 받았습니다. 당신의 눈에 제시된 첫 번째 광경은 설명할 수 없는 방식으로 살해되고, 마치 어떤 악마에 의해 당신의 길을 가로질러 놓인 당신의 친구의 시신이었습니다.”

커윈 씨가 이 말을 했을 때, 저의 고통의 이 회고에 제가 견뎌낸 동요에도 불구하고, 저는 그가 저에 관해 소유한 듯 보이는 지식에 상당한 놀라움을 느꼈습니다. 저의 용모에 약간의 놀라움이 표현되었을 것이라고 생각합니다. 커윈 씨가 서둘러 말했기 때문입니다.

“당신이 병이 나자마자, 당신의 몸에 있던 모든

서류가 저에게 가져와졌고, 저는 당신의 친척들에게 당신의 불행과 질병에 대한 소식을 보낼 수 있는 어떤 흔적이라도 발견하기 위해 그것들을 조사했습니다. 저는 여러 통의 편지를 발견했고, 그중 시작부터 당신의 아버지에게서 온 것임을 발견한 편지가 있었습니다. 저는 즉시 제네바로 편지를 썼습니다. 저의 편지가 떠난 이후로 거의 두 달이 흘렀습니다. 하지만 당신은 아픕니다. 지금도 떨고 있습니다. 당신은 어떤 종류의 동요에도 부적합합니다."

"이 불안감은 가장 끔찍한 사건보다 천 배 더 나쁩니다. 저에게 어떤 새로운 죽음의 장면이 연기되었는지, 그리고 누구의 살해를 제가 이제 애도해야 할지 말씀해 주십시오."

"당신의 가족은 완전히 잘 있습니다," 커윈 씨가

온화함으로 말했습니다. “그리고 누군가, 친구가 당신을 방문하러 왔습니다.”

어떤 생각의 사슬로 그 생각이 저에게 나타났는지 모르지만, 그것은 즉시 저의 마음속으로 돌진했습니다. 그 살인자가 저의 비참함을 조롱하고 클레르발의 죽음으로 저를 비웃기 위해 왔고, 저에게 그의 지옥 같은 욕망에 응하도록 하는 새로운 자극을 주기 위해서였습니다. 저는 손을 눈앞에 가리고 고통 속에서 외쳤습니다.

“오! 그를 데려가 주십시오! 저는 그를 볼 수 없습니다. 하느님 때문에, 그가 들어오도록 허락하지 마십시오!”

커윈 씨는 걱정스러운 표정으로 저를 바라보았습니다. 그는 저의 외침을 저의 죄책감의 추정으로 여기지 않을 수 없었고, 다소 엄격한 어조로 말했습니다.

"저는 당신이 당신의 아버지의 존재가 그토록 격렬한 반감을 불러일으키는 대신 환영받을 것이라고 생각했을 것입니다."

"나의 아버지!" 저는 외쳤고, 모든 이목구비와 모든 근육이 고통에서 즐거움으로 이완되었습니다.

"나의 아버지가 정말로 오셨습니까? 얼마나 친절하신지, 얼마나 정말로 친절하신지! 하지만 그분은 어디에 계십니까? 왜 저에게 서둘러 오지 않으십니까?"

저의 태도의 변화는 치안 판사를 놀라게 했고 기쁘게 했습니다. 아마도 그는 저의 이전 외침이 일시적인 섬망의 회귀라고 생각했을 것입니다.

그리고 이제 그는 즉시 자신의 이전 자비로움을 다시 찾았습니다. 그는 일어나 저의 간호사와 함께 방을 떠났고, 순간 아버지가 들어섰습니다.

이 순간 아무것도 저에게 저의 아버지의 도착보다 더 큰 즐거움을 줄 수 없었습니다. 저는 그에게 손을 내밀고 외쳤습니다.

“그러면 아버지는 안전하십니까—그리고 엘리자베스—그리고 어니스트는요?”

저의 아버지는 그들의 안녕에 대한 확신으로 저를 진정시켰고, 저의 심장에 그토록 흥미로운 이 주제들에 머무름으로써 저의 낙담한 정신을 끌어올리려 노력했습니다. 하지만 그는 곧 감옥이 쾌활함의 거처가 될 수 없다는 것을 느꼈습니다.

“나의 아들, 네가 거주하는 이곳은 어떤 곳이냐!” 그는 쇠창살 달린 창문과 방의 비참한 모습을 슬픔에 잠겨 바라보며 말했습니다. "너는 행복을 찾아 여행했지만, 숙명이 너를 뒤쫓는 듯 하구나. 그리고 불쌍한 클레르발—"

저의 불행한 그리고 살해된 친구의 이름은 저의 약한 상태에서 견딜 수 없는 너무나 큰 동요였습니다. 저는 눈물을 흘렸습니다.

"아아! 예, 아버지, 가장 끔찍한 종류의 어떤 운명이 저를 덮고 있습니다. 그리고 저는 그것을 이행하기 위해 살아남아야 합니다. 그렇지 않다면 저는 확실히 헨리의 관위에서 죽었을 것입니다."

우리는 오랫동안 대화하도록 허용되지 않았습니다. 저의 건강의 불안정한 상태가 평온을 보장할 수 있는 모든 예방 조치를 필요하게 했기 때문입니다. 커윈 씨가 들어와 저의 힘이 너무 많은 노력으로 고갈되어서는 안 된다고 주장했습니다.

하지만 아버지의 모습은 저에게 저의 선한 천사의 그것과 같았고, 저는 점차적으로 건강을 회복했습니다.

저의 병이 저를 떠났을 때, 저는 아무것도 흩어지게 할 수 없는 음울하고 검은 멜랑콜리에 흡수되었습니다. 클레르발의 이미지는 영원히 제 앞에 있었고, 섬뜩하고 살해된 모습이었습니다. 한 번 이상 이러한 성찰이 저를 던져 넣은 동요가 저의 친구들로 하여금 위험한 재발을 두려워하게 했습니다. 아아! 왜 그들은 그토록 비참하고 혐오스러운 삶을 보존했을까요? 그것은 확실히 제가 저의 운명을 이행하기 위해서였을 것입니다. 그것은 이제 종결에 가까워지고 있습니다. 곧, 오 아주 곧, 죽음이 이러한 고동을 꺼뜨리고 저를 고통의 거대한 무게에서 해방시킬 것입니다. 그 고통의 무게는 저를 먼지로 쓰러뜨릴 것입니다. 그리고 정의의 심판을 집행하면서, 저는 또한 안식으로 가라앉을 것입니다. 그때 죽음의 모습은 멀리 있었지만, 그 소망은 항상 저의 생각에 존재했습니다. 그리고 저는 종종 몇 시간 동안 움직이지 않고 말없이 앉아 있었고, 저와 저의 파괴자를 그것의 폐허에 묻어버릴 어떤 강력한 혁명을 바랐습니다.

순회 재판의 계절이 다가왔습니다. 저는 이미 세 달 동안 감옥에 있었고, 비록 여전히 약했고 재발의 지속적인 위험에 있었지만, 법원이 열리는 시골 마을로 거의 백 마일을 여행해야 했습니다. 커윈 씨는 증인을 모으고 저의 변호를 준비하는 모든 보살핌을 스스로 맡았습니다. 저는 생명과 죽음을 결정하는 법원에 사건이 제시되지 않았기 때문에,

공개적으로 범죄자로 나타나는 수치를 면했습니다. 저의 친구의 시신이 발견된 시간에 제가 오크니 제도에 있었다는 것이 증명되었기 때문에, 대배심은 공소를 기각했고, 저의 이동 2주 후 저는 감옥에서 해방되었습니다.

저의 아버지는 제가 형사 고발의 괴로움에서 해방되고, 다시 신선한 공기를 들이마시고 고향으로 돌아갈 수 있게 되었다는 것을 알고 황홀경에 빠졌습니다. 저는 이러한 감정에 참여하지 않았습니다. 저에게는 지하 감옥의 벽이나 궁전이 마찬가지로 혐오스러웠기 때문입니다. 삶의 잔은 영원히 독살되었고, 태양이 저 위로 비추었지만, 마치 행복하고 쾌활한 마음을 가진 사람들에게 그러하듯이, 저는 저를 응시하는 두 눈의 희미한 빛 외에는 아무런 빛도 침투하지 않는 짙고 끔찍한 어둠만을 제 주변에서 보았습니다. 때때로 그것들은 헨리의 표현력이 풍부한 눈이었고, 죽음 속에서 쇠약해지고, 어두운 안구가 눈꺼풀과 그것들을 장식한 길고 검은 속눈썹에 거의 덮여 있었습니다. 때로는 그것은 제가 잉골슈타트의 저의 방에서 처음 보았던, 괴물의 물기 어린, 흐린 눈이었습니다.

저의 아버지는 저에게서 애정의 감정을 깨우려 노력했습니다. 그는 제가 곧 방문할 제네바, 엘리자베스 그리고 어니스트에 대해 이야기했지만, 이러한 단어들은 저에게서 깊은 신음만을 끌어냈습니다. 때때로, 실로, 저는 행복에 대한 소망을 느꼈고, 저의 사랑하는 사촌을 멜랑콜리한 즐거움으로 생각하거나, 저에게 그토록 소중했던, 푸른 호수와 빠른 론강을 다시

보기 위해 소진되는 향수로 갈망했습니다. 하지만 저의 일반적인 감정 상태는 감옥이 자연의 가장 신성한 장면만큼이나 환영받는 거처였던 둔감함이었습니다. 그리고 이러한 발작은 고통과 절망의 순간에만 거의 방해받았습니다. 이러한 순간에 저는 자주 제가 혐오하는 존재를 끝내려 노력했고, 제가 어떤 끔찍한 폭력 행위를 저지르는 것을 억제하기 위해 끊임없는 시중과 경계가 필요했습니다.

여전히 저에게는 하나의 의무가 남아 있었고, 그것의 기억이 마침내 저의 이기적인 절망을 압도했습니다. 즉시 제네바로 돌아가, 제가 그토록 다정하게 사랑하는 사람들의 생명을 지켜보고, 살인자를 숨어 기다려야 했습니다. 만약 어떤 우연이 저를 그의 은신처로 이끌거나, 그가 다시 그의 존재로 저를 파멸시키려 한다면, 저는 실패하지 않는 조준으로 제가 더욱 끔찍한 영혼의 조롱으로 부여했던 그 괴물 이미지의 존재를 끝낼 수 있도록 말입니다.

저의 아버지는 제가 여행의 피로를 견딜 수 없을까 두려워하여 우리의 출발을 늦추기를 여전히 바랐습니다. 저는 산산조각난 난파선—인간 존재의 그림자였습니다. 저의 힘은 사라졌습니다. 저는 단순한 해골이었고, 열병이 밤낮으로 저의 쇠약해진 몸을 좀먹었습니다.

여전히, 제가 아일랜드를 떠나는 것을 그토록 불안과 초조함으로 촉구했기 때문에, 저의 아버지는 양보하는 것이 최선이라고 생각했습니다. 우리는 르아브르 항구로 향하는 배에 탑승했고, 아일랜드 해안에서 순풍을 타고 출항했습니다. 자정이었고, 저는 갑판에 누워 별을 바라보고 파도의 부딪힘을 듣고 있었습니다. 저는 아일랜드를 제 시야에서 차단하는 어둠을 환영했고, 제가 곧 제네바를 볼 것이라고 성찰했을 때 저의 맥박은 열병 같은 기쁨으로 뛰었습니다. 과거는 저에게 끔찍한 꿈의 빛으로 보였습니다. 여전히 제가 타고 있는 배, 저를 혐오스러운 아일랜드 해안에서 멀리 날려 보내는 바람 그리고 저를 둘러싼 바다는 제가 어떤 환영에도 속지 않았다는 것과 저의 친구이자 가장 사랑하는 동반자인 클레르발이 저와 저의 창조물인 괴물의 희생자가 되었다는 것을 너무나 강력하게 말해 주었습니다. 저는 저의 기억 속에서 저의 전체 삶을 되풀이했습니다. 제네바에서 저의 가족과 함께 거주했던 저의 고요한 행복, 저의 어머니의 죽음,

그리고 잉골슈타트로의 저의 출발. 저는 저를 저의 끔찍한 적의 창조로 몰아붙였던 미친 열광을 전율하며 기억했고, 그가 처음 살아 숨쉬었던 밤을 마음속으로 떠올렸습니다. 저는 생각의 흐름을 추구할 수 없었습니다. 수많은 감정이 저를 짓눌렀고, 저는 쓰라리게 울었습니다.

저의 열병에서 회복된 이후로, 저는 매일 밤 소량의 아편 팅크를 복용하는 습관을 가지고 있었습니다. 생명의 보존에 필요한 휴식을 얻을 수 있었던 것은 오직 이 약물을 통해서만 가능했기 때문입니다. 저의 다양한 불행의 기억에 압도되어, 저는 이제 평소 양의 두 배를 삼켰고 곧 깊이 잠들었습니다. 하지만 잠은 저에게 생각과 비참함에서 휴식을 제공하지 못했습니다. 저의 꿈은 저를 겁먹게 하는 수많은 물체를 제시했습니다. 아침 무렵 저는 일종의 악몽에 사로잡혔습니다. 저는 저의 목에서 그 악마의 손아귀를 느꼈고, 그것에서 스스로를 해방시킬 수 없었습니다. 신음과 울음이 저의 귀에 울려 퍼졌습니다. 저를 지켜보고 있던 저의 아버지는 저의 불안정함을 인지하고 저를 깨웠습니다. 부딪치는 파도가 주변에 있었고, 구름 낀 하늘이 위에 있었습니다. 그 악마는 여기에 없었습니다. 안전감, 현재 시간과 저항할 수 없는, 재앙적인 미래 사이의 휴전이 성립되었다는 느낌은 저에게 일종의 고요한 망각을 전달했습니다. 인간의 마음이 그것의 구조로 인해 특히 민감한 것이었습니다.

22

항해가 끝났습니다. 우리는 상륙했고, 파리로 진행했습니다. 저는 곧 저의 힘을 너무 많이 소모했고, 계속 여행하기 전에 휴식해야 한다는 것을 발견했습니다. 아버지의 보살핌과 주의는 지칠 줄 몰랐지만, 그는 저의 고통의 근원을 알지 못했고, 치유될 수 없는 병을 치료하기 위해 잘못된 방법을 찾았습니다. 그는 제가 사교계에서 오락을 찾기를 바랐습니다.

저는 인간의 얼굴을 혐오했습니다. 오, 혐오하지

않았습니다! 그들은 저의 형제들, 저의 동료 존재들이었고, 저는 가장 혐오스러운 이들에게조차 천사 같은 본성과 천상의 메커니즘의 피조물들에게 그러하듯이 끌림을 느꼈습니다. 하지만 저는 그들의 교류를 나눠야 할 권리가 없다고 느꼈습니다. 저는 그들 가운데 그들의 피를 흘리고 그들의 신음 속에서 탐닉하는 것이 기쁨인 적을 풀어놓았습니다. 그들이 저의 불경한 행위와 저에게서 근원한 범죄를 안다면, 그들 모두가 저를 얼마나 혐오하고 이 세상에서 저를 사냥할까요!

저의 아버지는 마침내 사교계를 피하려는 저의 소망에 양보했고, 다양한 논거로 저의 절망을 몰아내려 노력했습니다. 때때로 그는 제가 살인 혐의에 답변해야 하는 굴욕을 깊이 느낀다고 생각했고, 그는 저에게 자존심의 헛됨을 증명하려 노력했습니다.

"아아! 아버지, 아버지는 저를 얼마나 모르십니까. 인간 존재, 그들의 감정과 열정은 저와 같은 비참한 존재가 자존심을 느낀다면 정말로 타락할 것입니다. 저스틴, 불쌍하고 불행한 저스틴은 저만큼 순수했고, 그녀는 같은 혐의를 겪었습니다. 그녀는 그것으로 죽었습니다. 그리고 저는 이 모든 것의 원인입니다—제가 그녀를 살해했습니다. 윌리엄, 저스틴 그리고 헨리—그들 모두 저의 손에 의해 죽었습니다."

저의 아버지는 저의 감금 동안 제가 같은 주장을 하는 것을 자주 들었습니다. 제가 이렇게 스스로를 고발할 때, 그는 때때로 설명을 바라는 듯 했고, 다른 때는 그것을 섬망의 소산으로 여기는 듯

했습니다. 그리고 저의 병 동안, 이러한 종류의 어떤 생각이 저의 상상력에 나타났고, 그것의 기억을 저는 저의 회복기에 보존했습니다. 저는 설명을 피했고, 제가 창조했던 그 불쌍한 존재에 관해 지속적인 침묵을 유지했습니다. 저는 미쳤다고 추정될 것이라고 확신했고, 이것 자체가 저의 혀를 영원히 묶어 두었을 것입니다. 하지만, 게다가, 제 말을 듣는 상대방을 경악으로 가득 채우고 두려움과 부자연스러운 공포를 그의 가슴의 거주자로 만들 비밀을 드러낼 수 없었습니다. 따라서 저는 공감에 대한 저의 성급한 갈증을 억제했고, 그 치명적인 비밀을 털어놓기 위해 세상을 내어줄 수도 있었을 때 침묵했습니다. 여전히, 제가 기록한 것과 같은 단어들이 저에게서 통제할 수 없이 터져 나왔습니다. 저는 그것들에 대한 설명을 제시할 수 없었지만, 그것들의 진실은 저의 신비로운 비애의 짐을 부분적으로 덜어주었습니다.

이 기회에 저의 아버지는 무한한 경이의 표현과 함께 말했습니다.

"나의 가장 사랑하는 빅터, 이 광신은 무엇이냐? 나의 사랑하는 아들, 나는 너에게 다시는 그런 주장을 하지 말라고 간청한다."

"저는 미치지 않았습니다," 저는 활기차게 외쳤습니다. "저의 작업을 바라본 태양과 하늘이 저의 진실을 증언할 수 있습니다. 저는 그 가장 순진한 희생자들의 암살자입니다. 그들은 저의 음모에 의해 죽었습니다. 저는 그들의 생명을 구하기 위해 저 자신의 피를 방울방울 천 번 흘렸을 것입니다. 하지만 저는 할 수 없었습니다, 아버지,

정말로 저는 온 인류를 희생시킬 수 없었습니다."

이 연설의 결론은 저의 아버지에게 저의 생각이 흐트러졌다는 것을 확신시켰고, 그는 즉시 우리 대화의 주제를 바꾸고 저의 생각의 흐름을 바꾸려 노력했습니다. 그는 아일랜드에서 일어났던 장면의 기억을 가능한 한 많이 지우고 싶어 했고, 그것들을 결코 언급하지 않았으며 저에게 나의 불행에 대해 말하도록 허용하지 않았습니다.

시간이 흐르면서 저는 더 침착해졌습니다. 비참함이 저의 심장에 거처했지만, 저는 더 이상 저 자신의 범죄에 대해 이전에 했던 것처럼 일관성 없는 방식으로 말하지 않았습니다. 그것들에 대한 의식만으로도 저에게는 충분했습니다. 저는 때때로 온 세상에 스스로를 선언하고 싶어 했던 비참함의 오만한 목소리를 극도의 자제력으로 억제했고, 저의 태도는 제가 얼음 바다로 여행한 이후 가장 차분하고 평정되었습니다.

우리가 스위스로 향하는 길에 파리를 떠나기 며칠 전, 저는 엘리자베스에게서 다음 편지를 받았습니다.

"나의 친애하는 친구에게,

나의 삼촌에게서 파리에서 날짜가 찍힌 편지를 받은 것은 저에게 가장 큰 즐거움을 주었습니다. 당신은 더 이상 위협적인 거리에 있지 않으며, 저는 2주 안에 당신을 보게 되기를 희망합니다. 나의 불쌍한 사촌, 당신은 얼마나 많이 고통받았을까요! 저는 당신이 제네바를 떠났을 때보다 훨씬 더 아파 보이는 모습을 보게 될 것이라고 예상합니다. 이 겨울은 불안한 불확실성에 의해 고통받으면서 가장 비참하게 지나갔습니다. 하지만 저는 당신의 얼굴에서 평화를 보고, 당신의 심장이 위안과 평온으로 완전히 비어 있지 않다는 것을 발견하기를 희망합니다.

여전히 저는 당신을 일년 전 그토록 비참하게 만들었던 바로 그 감정이 지금도 존재하며, 어쩌면 시간이 지나면서 증가했을까 두렵습니다. 저는 그토록 많은 불행이 당신을 짓누르는 이 시기에 당신을 방해하고 싶지는 않습니다. 하지만 삼촌이 떠나기 전에 저와 나눈 대화가 우리가 만나기 전에 어떤 설명을 필요하게 만듭니다.

설명! 당신은 엘리자베스가 설명할 것이 무엇이냐고 말할 수도 있을 것입니다. 만약 당신이 정말로 이렇게 말한다면, 저의 질문들은 답변된 것이고 저의 모든 의심은 해소된 것입니다. 하지만 당신은 저에게서 멀리 떨어져 있고, 당신이 이 설명을 두려워하면서도 기뻐할 수도 있습니다. 그리고 이것이 사실일 가능성이 있기 때문에, 저는 당신이 없는 동안 제가 자주 표현하고 싶었지만 시작할 용기를 내지 못했던 것을 더 이상 쓰는 것을 미룰 수 없습니다.

빅터, 우리의 결합이 우리 유아기 이후로 당신의 부모님의 가장 좋아하는 계획이었다는 것을 당신은 잘 알고 있습니다. 우리는 어렸을 때 이것을 들었고, 반드시 일어날 사건으로 그것을 고대하도록 배웠습니다. 우리는 어린 시절 동안 다정한 놀이 친구였고, 나이가 들면서 서로에게 소중하고 가치 있는 친구였다고 믿습니다. 하지만 오빠와 여동생이 더 친밀한 결합을 바라지 않고도 서로에게 활발한 애정을 품는 것처럼, 우리의 경우도 그렇지 않을까요? 저에게 말해 주십시오,

가장 사랑하는 빅터. 우리의 상호 행복으로 저에게 단순한 진실로 대답해 주십시오—당신은 다른 사람을 사랑하지 않습니까?

당신은 여행했고, 당신의 삶의 몇 년을 잉골슈타트에서 보냈습니다. 그리고 저는 지난 가을 당신이 그토록 불행하고, 모든 피조물의 사회에서 고독으로 도망치는 것을 보았을 때, 당신이 우리의 관계를 후회하고 있으며, 그것들이 당신의 성향에 반대됨에도 불구하고, 당신의 부모님의 소망을 이행할 '명예'에 묶여 있다고 믿는 것을 도울 수 없었습니다. 하지만 이것은 잘못된 추론입니다. 저는 당신을 사랑하며, 저의 미래에 대한 공상적인 꿈에서 당신은 저의 변함없는 친구이자 동반자였다는 것을 당신에게 고백합니다. 하지만 우리의 결혼이 당신 자신의 자유로운 선택의 지시가 아니라면 저를 영원히 비참하게 만들 것이라고 당신에게 선언할 때, 저는 저 자신의 행복뿐만 아니라 당신의 행복을 바랍니다. 심지어 지금 저는 당신이 가장 잔인한 불행에 짓눌려 있는 상태에서, '명예'라는 단어로 당신 자신을 회복시킬 유일한 그 사랑과 행복의 모든 희망을 억누를까 눈물을 흘립니다. 당신에게 그토록 사심 없는 애정을 가진 저는 당신의 소망에 장애물이 됨으로써 당신의 비참함을 열 배로 증가시킬 수도 있습니다. 아! 빅터, 당신의 사촌이자 놀이 친구가 당신을 위해 너무나 진심으로 사랑하고 있으므로 이 추정으로 비참해지지 않을 수 없다는 것을 확신하십시오. 행복하십시오, 나의 친구. 그리고 이 하나의 요청에 복종한다면, 이 세상의 아무것도 저의 평온을 방해할 힘이 없을 것이라는 것에 만족하십시오.

이 편지가 당신을 방해하게 하지 마십시오. 내일이나 모레, 혹은 당신이 도착할 때까지도 답변하지 마십시오. 만약 그것이 당신에게 고통을 준다면 말입니다. 나의 삼촌이 당신의 건강에 대한 소식을 저에게 보내줄 것입니다. 그리고 우리가 만났을 때, 이것이나 저의 다른 노력으로 인해 당신의 입술에 단 하나의 미소라도 본다면, 저는 다른 어떤 행복도 필요하지 않을 것입니다."

"엘리자베스 라벤자"

"제네바, 17__년 5월 18일"

이 편지는 제가 이전에 잊었던, 그 악마의 위협—"나는 당신의 결혼식 밤에 당신과 함께 있을 것입니다!"—을 저의 기억 속에 되살려

놓았습니다. 그러한 것이 저의 선고였고, 그 밤에 그 악마는 저를 파괴하고 저의 고통을 부분적으로 위로할 것을 약속했던 행복의 섬광에서 저를 찢어내기 위해 모든 기술을 동원할 것이었습니다. 그 밤에 그는 저의 죽음으로 자신의 범죄를 완수하기로 결심했습니다. 좋아, 그렇게 되게 하라. 그때 치명적인 투쟁이 확실히 일어날 것이며, 만약 그가 승리한다면 저는 평화를 얻을 것이고 저에 대한 그의 힘은 끝날 것입니다. 만약 그가 패배한다면, 저는 자유인이 될 것입니다. 아아! 어떤 자유? 그의 가족이 그의 눈앞에서 학살당하고, 그의 오두막이 불타고, 그의 땅이 황폐해지고, 그는 집 없이, 무일푼으로 그리고 혼자 표류하게 된 농민이 누리는 자유와 같은 것. 그러한 것이 저의 자유일 것이며, 단지 저의 엘리자베스에게 보물을 소유했다는 것만 제외하고는, 아아, 죽음까지 저를 추격할 후회와 죄책감의 공포와 균형 잡힌 것입니다.

달콤하고 사랑하는 엘리자베스! 저는 그녀의 편지를 읽고 또 읽었고, 어떤 누그러진 감정이 저의 심장 속으로 스며들어 사랑과 기쁨의 낙원 같은 꿈을 속삭일 용기를 냈습니다. 하지만 사과는 이미 먹혔고, 천사의 팔은 저를 모든 희망에서 몰아내기 위해 드러나 있었습니다. 여전히 저는 그녀를 행복하게 하기 위해 죽을 것입니다. 만약 괴물이 그의 위협을 실행한다면, 죽음은 피할 수 없었습니다. 여전히, 다시, 저는 저의 결혼이 저의 운명을 재촉할지 고려했습니다. 저의 파멸은 실로 몇 달 더 빨리 도착할 수도 있었지만, 만약 저의 고문자가 제가 그의 협박에 영향을 받아 그것을 미룬다고 의심한다면, 그는 확실히 다른, 어쩌면 더 끔찍한 복수의 수단을 찾을 것이었습니다. 그는 저의 결혼식 밤에 저와 함께 있겠다고 맹세했지만, 그는 그동안 그 위협이 자신을 평화에 묶는다고 간주하지 않았습니다. 마치 저에게 자신이 아직 피로 만족하지 않았다는 것을 보여주려는 듯, 그는 그의 위협을 선언한 직후 클레르발을 살해했기 때문입니다. 따라서 저는 만약 저의 사촌과의 즉각적인 결합이 그녀의 행복이나 아버지의 행복에 기여한다면, 저의 생명에 대한 적의 계획이 그것을 단 한 시간도 지연시키지 않도록 결심했습니다.

이 마음 상태로 저는 엘리자베스에게 편지를 썼습니다. 저의 편지는 침착하고 애정 깊었습니다.

"나의 사랑하는 소녀, 저는 이 세상에 우리에게

남아 있는 행복이 거의 없다고 두려워합니다. 여전히 제가 언젠가 누릴 수 있는 모든 것은 당신에게 집중되어 있습니다. 당신의 헛된 두려움을 쫓아내십시오. 오직 당신에게만 저는 저의 삶과 만족을 위한 저의 노력을 바칩니다. 엘리자베스, 저에게는 하나의 비밀, 끔찍한 비밀이 있습니다. 당신에게 드러나면, 그것은 당신의 몸을 공포로 오싹하게 할 것입니다. 그러면, 저의 비참함에 놀라기보다 오히려 당신이 제가 견뎌온 것 위에서 살아남았다는 것을 놀랄 것입니다. 우리의 결혼 다음 날 이 비참함과 공포의 이야기를 당신에게 털어놓을 것입니다. 저의 달콤한 사촌, 우리 사이에는 완벽한 신뢰가 있어야 하기 때문입니다. 하지만 그때까지는, 저는 당신에게 그것을 언급하거나 암시하지 말라고 간청합니다.

저는 이것을 가장 간절히 요청하며, 당신이 응할 것이라는 것을 압니다."

엘리자베스의 편지가 도착한 후 약 일주일 만에 우리는 제네바로 돌아왔습니다. 그 달콤한 소녀는 따뜻한 애정으로 저를 환영했습니다. 여전히 저의 수척한 몸과 열병 걸린 뺨을 볼 때 그녀의 눈에 눈물이 있었습니다. 저는 그녀에게서도 변화를 보았습니다. 그녀는 더 말랐고, 이전에 저를 매료시켰던 천상의 활기를 많이 잃었습니다. 하지만 그녀의 온화함과 부드러운 연민의 시선은 저처럼 파멸하고 비참한 존재에게 더 적합한 동반자로 그녀를 만들었습니다.

제가 이제 누렸던 평온은 지속되지 않았습니다. 기억은 그것과 함께 광기를 가져왔고, 저는 일어난 일을 생각했을 때, 진정한 광기가 저를 사로잡았습니다. 때때로 저는 격렬했고 분노로 타올랐습니다. 때로는 낮고 낙담했습니다. 저는 아무에게도 말하지 않았고 바라보지도 않았으며, 저를 압도하는 수많은 비참함에 혼란스러워 움직이지 않고 앉아 있었습니다.

엘리자베스만이 이러한 발작에서 저를 끌어낼 힘을 가지고 있었습니다. 그녀의 온화한 목소리는 제가 열정에 휩싸였을 때 저를 달랬고, 둔감함에 가라앉았을 때 저에게 인간적인 감정을 불어넣었습니다. 그녀는 자신과 저를 위해 울었습니다. 이성이 돌아왔을 때, 그녀는 저를 꾸짖고 순응을 불어넣으려 노력했습니다. 아! 불행한 사람에게 순응하는 것은 좋지만, 유죄한 사람에게는 평화가 없습니다. 후회의 고통은 과도한 슬픔에 탐닉하는 것에서 때때로 발견되는 사치를 독살합니다.

저의 도착 직후 아버지는 엘리자베스와의 즉각적인 결혼에 대해 말씀하셨습니다. 저는 침묵했습니다.

"그렇다면, 너에게 다른 애착이 있느냐?"

"이 세상에 아무것도 없습니다. 저는 엘리자베스를 사랑하고 우리의 결합을 즐거움으로 고대합니다. 그러므로 날짜를 정하십시오. 그리고 그 날에 저는 삶이나 죽음 속에서 저의 사촌의 행복에 스스로를 바칠 것입니다."

"나의 사랑하는 빅터, 그렇게 말하지 마라. 무거운 불행이 우리에게 닥쳤지만, 우리에게 남아 있는 것에 더 가까이 매달리고, 우리가 잃은 사람들에 대한 우리의 사랑을 여전히 살아있는 사람들에게 옮기도록 하자. 우리의 원은 작겠지만,

애정과 상호 불행의 유대로 가까이 묶일 것이다. 그리고 시간이 너의 절망을 누그러뜨릴 때, 새롭고 소중한 보살핌의 대상들이 우리가 그토록 잔인하게 빼앗긴 사람들을 대신하여 태어날 것이다."

그러한 것이 저의 아버지의 가르침이었습니다. 하지만 저에게는 그 위협의 기억이 돌아왔습니다. 그리고 그 악마가 그의 피의 행위에서 아직 전능했기 때문에, 제가 그를 거의 무적이라고 간주해야 했고, 그가 '나는 너의 결혼식 밤에 너와 함께 있을 것이다'라고 말했을 때, 저는 위협받는 운명을 피할 수 없는 것으로 여겨야 했다는 것이 놀랍지 않습니다. 하지만 엘리자베스의 상실이 그것과 균형 잡힌다면, 죽음은 저에게 어떤 악도 아니었습니다. 따라서 저는 만족스럽고 심지어 쾌활한 용모로 아버지에게 동의했습니다. 만약 저의 사촌이 동의한다면, 그 의식은 열흘 안에 거행되어야 하며, 이렇게 저의 운명에 봉인을 찍을 것이라고 상상했습니다.

맙소사! 만약 단 한순간이라도 저의 악마 같은 적의 지옥 같은 의도가 무엇일지 생각했더라면, 저는 이 비참한 결혼에 동의하는 것보다 영원히 저의 고향을 추방당하고 세상을 떠도는 친구 없는 낙오자가 되었을 것입니다. 하지만, 마법의 힘을 소유한 듯, 괴물은 저의 진짜 의도에 대해 저를 눈멀게 했고, 저는 저 자신의 죽음만을 준비했다고 생각했을 때, 훨씬 더 소중한 희생자의 죽음을 재촉했습니다.

우리의 결혼을 위해 정해진 기간이 가까워질수록, 겁쟁이 때문이든 예언적인 느낌 때문이든, 저는 저의 심장이 속에서 무너지는 것을 느꼈습니다. 하지만 저는 아버지의 얼굴에 미소와 기쁨을 가져온 쾌활함의 모습으로 저의 감정을 숨겼습니다. 하지만 항상 지켜보는 엘리자베스의 더 섬세한 눈을 거의 속이지 못했습니다. 그녀는 과거의 불행이 새겨놓은 약간의 두려움이 뒤섞인 채, 평온한 만족감으로 우리의 결합을 고대했습니다. 지금 확실하고 유형적인 행복처럼 보이는 것이 곧 공허한 꿈으로 사라지고 깊고 영원한 후회 외에는 아무런 흔적도 남기지 않을까 하는 두려움이었습니다.

그 사건을 위한 준비가 이루어졌고, 축하 방문이 접수되었으며, 모든 것이 미소 짓는 모습을 보였습니다. 저는 저의 심장 속에서 저를 좀먹는 불안감을 가능한 한 잘 닫아 두었고, 비록 그것들이 저의 비극의 장식으로만 사용될 수 있을지라도, 아버지의 계획에 겉보기에는 진심으로 참여했습니다. 아버지의 노력을 통해 엘리자베스의 상속 재산의 일부가 오스트리아 정부에 의해 그녀에게 반환되었습니다. 코모 호수 기슭에 있는 작은 소유지가 그녀에게 속했습니다. 우리의 결합 직후, 우리가 빌라 라벤자로 진행하여 그것이 서 있는 아름다운 호수 옆에서 우리의 첫 번째 행복한 날들을 보내기로 합의되었습니다. (이 아름다운 약속 속에서, 결혼 후 순수한 교감과 정서적 유대를 쌓을 미래에 대한 기대가 비극을 더욱 강조합니다.)

그동안 저는 그 악마가 공개적으로 저를 공격할 경우를 대비하여 저의 몸을 방어할 모든 예방 조치를 취했습니다. 저는 권총과 단검을 항상 몸에 지니고 다녔고, 속임수를 막기 위해 항상 경계했으며, 이러한 수단으로 더 큰 정도의 평온을 얻었습니다. 실로, 그 기간이 다가올수록, 그 위협은 저의 평화를 방해할 가치가 있는 것으로 간주되지 않을 환상처럼 더욱 보였고, 저의 결혼에서 제가 희망했던 행복은 그것의 엄숙한 거행을 위해 정해진 날이 가까워지고 그것이 어떤 사고로도 막을 수 없는 사건으로 끊임없이 이야기되는 것을 들었을 때 더 큰 확실성의 모습을 띠었습니다.

엘리자베스는 행복해 보였습니다. 저의 평온한 태도는 그녀의 마음을 진정시키는 데 크게 기여했습니다. 하지만 저의 소망과 저의 운명을 이룰 그 날, 그녀는 멜랑콜리했고, 악의 예감이 그녀를 엄습했습니다. 그리고 어쩌면 그녀는 제가 다음 날 그녀에게 드러내겠다고 약속했던 끔찍한 비밀을 또한 생각했을 것입니다. 저의 아버지는 그동안 매우 기뻐했고, 준비의 분주함 속에서, 그의 조카의 멜랑콜리에서 신부의 수줍음만을 인지했습니다.

의식이 거행된 후, 많은 사람들이 아버지의 집에 모였지만, 엘리자베스와 저는 물로 여행을 시작하여, 그날 밤 에비앙에서 자고 다음 날 항해를 계속하기로 합의되었습니다. 날은 맑았고, 바람은 순조로웠습니다. 모든 것이 우리의 결혼 승선에 미소 지었습니다.

그것들은 저의 삶의 마지막 순간들이었고, 그동안 저는 행복의 감정을 누렸습니다. 우리는 재빨리 나아갔습니다. 태양은 뜨거웠지만, 우리는 일종의 천막으로 그것의 광선으로부터 보호받았고, 장면의 아름다움을 즐겼습니다. 때때로 호수의 한 쪽에서, 그곳에서 우리는 몽살레브, 몽탈레그르의 쾌적한 둑, 그리고 멀리서, 모든 것 위로 솟아있는, 아름다운 몽블랑, 그리고 그녀를 모방하려 헛되이 노력하는 눈 덮인 산들의 집합체를 보았습니다. 때때로 반대편 둑을 따라 항해하면서, 우리는 자신의 고향을 떠나려는 야망에 그것의 어두운 측면을 반대하는 거대한 쥐라 산맥을 보았고, 그것을 노예화하려는 침략자에게 거의 극복할 수 없는 장벽을 보았습니다.

저는 엘리자베스의 손을 잡았습니다.

"당신은 슬프군요, 나의 사랑. 아! 당신이 제가 얼마나 고통받았는지, 그리고 제가 앞으로 얼마나 더 견뎌야 할지 안다면, 당신은 적어도 이

하루만이라도 제가 누리도록 허용하는 평온과 절망으로부터의 자유를 맛보도록 노력할 것입니다."

"행복하십시오, 나의 사랑하는 빅터," 엘리자베스가 대답했습니다. "당신을 괴롭힐 것은 아무것도 없기를 바랍니다. 그리고 만약 활기찬 기쁨이 저의 얼굴에 그려져 있지 않다면, 저의 심장은 만족하고 있다는 것을 확신하십시오. 무언가가 우리 앞에 열린 전망에 너무 많이 의존하지 말라고 저에게 속삭입니다. 하지만 저는 그러한 불길한 목소리에 귀를 기울이지 않을 것입니다. 우리가 얼마나 빨리 나아가는지 관찰하십시오. 그리고 몽블랑의 돔을 때때로 가리고 때로는 그것 위로 솟아오르는 구름이 이 아름다움의 장면을 얼마나 더 흥미롭게 만드는지 보십시오. 또한 바닥에 놓여 있는 모든 자갈을 구별할 수 있는 맑은 물 속에서 수영하는 수많은 물고기를 보십시오. 얼마나 신성한 날인가요! 모든 자연이 얼마나 행복하고 평온해 보이는가요!"

이렇게 엘리자베스는 자신과 저의 생각을 멜랑콜리한 주제로부터 돌리려 노력했습니다. 하지만 그녀의 기질은 요동쳤습니다. 잠시 동안 기쁨이 그녀의 눈에 빛났지만, 그것은 끊임없이 산만함과 몽상으로 자리를 내주었습니다.

태양은 하늘에서 더 낮게 가라앉았습니다. 우리는 드랑스 강을 지나 더 높은 언덕의 틈새와 더 낮은 언덕의 골짜기를 통과하는 그것의 경로를 관찰했습니다. 알프스가 여기서 호수에 더 가까이 다가왔고, 우리는 그것의 동쪽 경계를 형성하는 산의 원형 극장에 접근했습니다. 에비앙의 첨탑은 그것을 둘러싼 숲과 그것 위로 걸쳐있는 산맥 위로 빛났습니다.

지금까지 놀라운 속도로 우리를 실어 날랐던 바람은 해질 녘에 가벼운 산들바람으로 가라앉았습니다. 부드러운 공기가 물을 살짝 일렁이게 했고, 우리가 해안에 접근했을 때 나무 사이에서 즐거운 움직임을 야기했습니다. 그것은 가장 즐거운 꽃과 건초의 향기를 실어 왔습니다. 우리가 상륙했을 때 태양은 수평선 아래로 가라앉았고, 제가 해안에 닿았을 때, 곧 저를 움켜쥐고 영원히 달라붙을 걱정과 두려움이 되살아나는 것을 느꼈습니다.

23

우리가 상륙했을 때는 여덟 시였습니다. 우리는 잠시 동안 해안을 걸으며 일시적인 빛을 즐겼고, 그러고 나서 여관으로 물러나 어둠 속에서 가려졌지만, 여전히 그들의 검은 윤곽을 드러내는 물, 숲 그리고 산의 사랑스러운 장면을 응시했습니다.

남쪽에서 가라앉았던 바람은 이제 서쪽에서 큰 격렬함으로 솟아올랐습니다. 달은 하늘의 정상에 도달했고 내려가기 시작했습니다. 구름이 독수리의 비행보다 더 빠르게 그것을 가로질러 휩쓸었고, 그것의 광선을 흐리게 했으며, 호수는 솟아오르기 시작하는 불안한 파도로 더욱 분주해진, 분주한 하늘의 장면을 반영했습니다. 갑자기 폭우가 쏟아져 내렸습니다.

저는 낮 동안 침착했지만, 밤이 물체의 형태를 가렸을 때, 수많은 두려움이 저의 마음에 솟아올랐습니다. 저는 불안하고 경계했으며, 저의 오른손은 저의 가슴에 숨겨진 권총을 움켜쥐었습니다. 모든 소리가 저를 겁주었지만, 저는 저의 생명을 비싸게 팔고, 저의 삶이나 적의 삶이 꺼질 때까지 갈등에서 움츠러들지 않기로 결심했습니다.

엘리자베스는 잠시 동안 소심하고 두려운 침묵 속에서 저의 동요를 관찰했지만, 저의 시선에는 그녀에게 공포를 전달하는 무언가가 있었고, 떨면서, 그녀는 물었습니다.

"나의 사랑하는 빅터, 무엇이 당신을 동요하게 합니까? 당신이 두려워하는 것은 무엇입니까?"

"오! 평화, 평화, 나의 사랑," 저는 대답했습니다. "오늘 밤 뿐이고, 모든 것이 안전할 것입니다. 하지만 오늘 밤은 끔찍합니다, 정말로 끔찍합니다."

저는 이러한 마음 상태로 한 시간을 보냈습니다. 그때 저는 제가 순간적으로 기대하는 그 전투가 저의 아내에게 얼마나 두려울지 갑자기 성찰했고, 저는 적의 상황에 대한 어떤 지식을 얻을 때까지는 그녀에게 합류하지 않기로 결심하고 그녀에게 물러나도록 간절히 간청했습니다.

그녀는 저를 떠났고, 저는 한동안 집의 복도를

왔다 갔다 걸으며 적에게 은신처를 제공할 수도 있는 모든 구석을 점검했습니다. 하지만 저는 그의 흔적을 발견하지 못했고, 어떤 행운이 그의 위협의 실행을 막기 위해 개입했다고 추측하기 시작했을 때, 저는 갑자기 날카롭고 끔찍한 비명을 들었습니다. 그것은 엘리자베스가 물러났던 방에서 나왔습니다. 제가 그것을 들었을 때, 모든 진실이 저의 마음 속으로 돌진했습니다. 저의 팔은 떨어졌고, 모든 근육과 섬유의 움직임이 중단되었습니다. 저는 저의 정맥 속에서 피가 똑똑 떨어지고 저의 사지의 말단에서 따끔거리는 것을 느낄 수 있었습니다. 이 상태는 단 한순간 동안만 지속되었습니다. 비명이 반복되었고, 저는 방으로 돌진했습니다.

맙소사! 왜 저는 그때 숨을 거두지 않았을까요!

왜 저는 이 세상에서 가장 순수한 피조물과 가장 좋은 희망의 파괴를 이야기하기 위해 여기에 있는가? 그녀는 거기에, 생명 없이 움직이지 않는 채, 침대를 가로질러 던져져 있었고, 그녀의 머리는 늘어져 있었으며, 그녀의 창백하고 일그러진 이목구비는 그녀의 머리카락에 반쯤 덮여 있었습니다. 제가 고개를 돌리는 모든 곳에서 저는 같은 모습을 봅니다—그녀의 핏기 없는 팔과 이완된 몸이 살인자에 의해 그녀의 신혼 침상에 내던져진 모습. 제가 이것을 보고 살 수 있었을까요? 아아! 삶은 고집스럽고 가장 미움받는 곳에 가장 가까이 달라붙습니다. 단 한순간만 저는 기억을 잃었습니다. 저는 땅에 감각 없이 쓰러졌습니다.

제가 회복했을 때, 저는 여관 사람들에게

둘러싸여 있는 것을 발견했습니다. 그들의 용모는 숨 막히는 공포를 표현했지만, 다른 사람들의 공포는 저를 압도하는 감정의 조롱, 그림자처럼 보일 뿐이었습니다. 저는 그들을 피해 저의 사랑, 저의 아내, 얼마 전까지만 해도 살아 있었고, 그토록 소중하고, 그토록 가치 있던 엘리자베스의 시신이 놓여 있는 방으로 도망쳤습니다. 그녀는 제가 처음 보았던 자세에서 옮겨져 있었고, 이제, 그녀가 누워 있을 때, 그녀의 머리는 팔 위에 있었고 손수건이 그녀의 얼굴과 목 위로 던져져 있어, 저는 그녀가 잠들어 있다고 추정할 수도 있었을 것입니다. 저는 그녀에게 돌진하여 열렬히 껴안았지만, 그 치명적인 나른함과 사지의 차가움은 저에게 지금 제가 팔에 안고 있는 것이 제가 사랑하고 소중히 여겼던 그 엘리자베스가 아니라는 것을 알려주었습니다. 그 악마의 손아귀의 살인적인 자국이 그녀의 목에 있었고, 그녀의 입술에서 숨결이 나오는 것이 멈췄습니다.

제가 여전히 절망의 고통 속에서 그녀 위에 매달려 있는 동안, 저는 우연히 위를 올려다보았습니다. 방의 창문들은 이전에 어두워져 있었고, 저는 달의 창백한 노란 빛이 방을 비추는 것을 보고 일종의 공황을 느꼈습니다. 셔터가 뒤로 젖혀져 있었고, 말로 표현할 수 없는 공포감으로, 저는 열린 창문에서 가장 끔찍하고 혐오스러운 형상을 보았습니다. 괴물의 얼굴에 으스스한 웃음이 있었습니다. 그는 마치 자신의 악마 같은 손가락으로 저의 아내의 시신을 가리키며 조롱하는 듯 했습니다. 저는 창문을 향해 돌진했고, 가슴에서 권총을 꺼내 발사했습니다.

하지만 그는 저를 피했고, 자신의 위치에서 뛰어내려, 번개의 빠르기로 달려, 호수 속으로 몸을 던졌습니다.

권총 소리가 군중을 방으로 불러왔습니다. 저는 그가 사라진 장소를 가리켰고, 우리는 배로 그 흔적을 따랐습니다. 그물이 던져졌지만, 헛수고였습니다. 몇 시간을 보낸 후, 우리는 희망 없이 돌아왔습니다. 저의 동료들 대부분은 그것이 저의 상상이 만들어낸 형상이라고 믿었습니다. 상륙한 후, 그들은 숲과 포도밭 사이에서 다른 방향으로 가면서 나라를 수색하기 시작했습니다.

저는 그들과 동행하려 노력했고, 집에서 짧은 거리를 진행했지만, 저의 머리가 빙빙 돌았고, 저의 발걸음은 술에 취한 사람의 그것과 같았습니다. 저는 마침내 완전한 탈진 상태로 쓰러졌습니다.

저의 눈은 얇은 막으로 덮였고, 저의 피부는 열병의 열기로 말라붙었습니다. 이 상태로 저는 다시 옮겨져 침대에 눕혀졌고, 무슨 일이 일어났는지 거의 의식하지 못했습니다. 저의 눈은 제가 잃은 무언가를 찾는 듯 방 주위를 헤맸습니다.

잠시 후 저는 일어났고, 마치 본능처럼, 저의 사랑하는 이의 시신이 놓여 있는 방으로 기어갔습니다. 주위에 여인들이 울고 있었습니다. 저는 그것 위로 몸을 숙이고 저의 슬픈 눈물을 그들의 눈물에 합쳤습니다. 이 모든 시간 동안 어떤 분명한 생각도 저의 마음에 나타나지 않았지만, 저의 생각은 다양한 주제로 헤매었고, 저의 불행과 그것의 원인에 대해 혼란스럽게 성찰했습니다. 저는 경이와 공포의 구름 속에서 혼란스러웠습니다. 윌리엄의 죽음, 저스틴의 처형,

클레르발의 살해 그리고 마지막으로 저의 아내의 죽음. 심지어 그 순간에도 저는 저의 유일한 남아있는 친구들이 그 악마의 악의에서 안전한지 몰랐습니다. 저의 아버지는 지금 그의 손아귀 아래서 몸부림치고 있을지도 모르며, 어니스트는 그의 발 아래 죽어 있을지도 몰랐습니다. 이 생각이 저를 전율하게 했고 행동으로 되돌렸다. 저는 벌떡 일어나 가능한 한 빨리 제네바로 돌아가기로 결심했습니다.

말을 구할 수 없었고, 저는 호수를 통해 돌아가야 했습니다. 하지만 바람은 불리했고, 비가 억수같이 쏟아졌습니다. 하지만, 거의 아침이었고, 저는 밤에 도착하기를 합리적으로 희망할 수 있었습니다. 저는 노를 젓는 사람들을 고용했고, 저 자신도 노를 잡았습니다. 저는 육체적 운동에서 정신적 고통의 완화를 항상 경험했기 때문입니다. 하지만 제가 지금 느끼는 넘쳐나는 비참함과 제가 견뎌낸 과도한 동요는 저를 어떤 노력도 할 수 없게 만들었습니다. 저는 노를 내려놓고, 두 손에 머리를 기대고, 솟아오르는 모든 음울한 생각에 굴복했습니다. 제가 고개를 들었을 때, 저는 저의 더 행복했던 시절에 저에게 익숙했던 장면들을 보았고, 바로 전날 이제 그림자이자 기억에 불과한 그녀의 동행 속에서 제가 응시했던 것을 보았습니다. 눈물이 저의 눈에서 흘러나왔습니다. 비가 잠시 멈췄고, 저는 몇 시간 전에 그들이 했던 것처럼 물고기가 물속에서 노는 것을 보았습니다. 그들은 그때 엘리자베스에게 관찰되었습니다. 인간의 마음에 그토록 고통스러운 것은 크고 갑작스러운 변화입니다. 태양이 빛나거나 구름이 낮아질 수도 있지만, 아무것도 저에게 전날 그랬던 것처럼 보일 수 없었습니다. 한 악마가 저에게서 미래 행복의 모든 희망을 빼앗아 갔습니다. 어떤 피조물도 저만큼 비참하지 않았고, 그토록 끔찍한 사건은 인류 역사상 단일합니다.

하지만 왜 저는 이 마지막 압도적인 사건에 뒤따른 사건들에 머물러야 할까요? 저의 이야기는 공포의 이야기였습니다. 저는 그것들의 정점에 도달했고, 제가 이제 이야기해야 하는 것은 단지 당신에게 지루할 뿐입니다. 알아두십시오, 하나씩, 저의 친구들을 빼앗겼습니다. 저는 황량하게 남겨졌습니다. 저 자신의 힘은 고갈되었고, 저는 저의 끔찍한 서술의 남은 부분을 몇 마디로 말해야 합니다.

저는 제네바에 도착했습니다. 저의 아버지와

어니스트는 아직 살아 있었지만, 전자는 제가 전한 소식 아래 쓰러졌습니다. 저는 지금 그 분을 봅니다, 훌륭하고 존경할 만한 노인! 그의 눈은 공허함 속에서 헤매었는데, 그것들이 그들의 매력과 즐거움을 잃었기 때문입니다. 엘리자베스, 그의 딸 이상의 존재, 그는 인생의 황혼기에 있는 사람이 몇 가지 애정만을 가지고, 남아있는 것들에 더욱 간절히 매달리는 그 모든 애정으로 열중했던 존재. 그의 흰 머리에 비참함을 가져오고 그를 비참함 속에서 쇠약해지도록 운명 지은 악마는 저주받을지어다! 그는 그를 둘러싼 축적된 공포 아래서 살 수 없었습니다. 존재의 샘이 갑자기 무너졌습니다. 그는 침대에서 일어날 수 없었고, 며칠 후 저의 팔에 안겨 사망했습니다.

그러자 저에게 무슨 일이 일어났을까요? 저는

모릅니다. 저는 감각을 잃었고, 쇠사슬과 어둠만이 저를 누르는 유일한 물체였습니다. 때때로, 실로, 저는 꽃 핀 초원과 즐거운 골짜기를 저의 젊은 친구들과 함께 헤매는 꿈을 꾸었지만, 저는 깨어나 나 자신이 지하 감옥에 있는 것을 발견했습니다. 멜랑콜리가 뒤따랐지만, 점차적으로 저는 저의 비참함과 상황에 대한 명확한 개념을 얻었고, 그때 감옥에서 풀려났습니다. 그들이 저를 미쳤다고 불렀고, 제가 이해했듯이, 수개월 동안 고독한 독방이 저의 거처였습니다.

자유는 저에게 쓸모없는 선물이었을 것입니다. 만약 제가 이성으로 깨어났을 때, 동시에 복수심으로 깨어나지 않았더라면. 과거의 불행의 기억이 저를 짓눌렀을 때, 저는 그것들의 원인—제가 창조했고, 저의 파멸을 위해 세상에 보낸 그 괴물, 그 비참한 악마—을 성찰하기 시작했습니다. 저는 그를 생각했을 때 미치게 하는 격노에 사로잡혔고, 그의 저주받은 머리에 크고 주목할 만한 복수를 퍼붓기 위해 그를 제 손아귀 안에 둘 수 있기를 바라고 열렬히 기도했습니다.

저의 증오는 오랫동안 쓸모없는 소망에 국한되지 않았습니다. 저는 그를 확보할 최선의 수단을 성찰하기 시작했습니다. 그리고 이 목적을 위해, 저의 석방 약 한 달 후, 저는 마을의 형사 재판관에게 갔고, 저에게 고발할 것이 있으며, 저의 가족의 파괴자를 안다는 것, 그리고 살인자의 체포를 위해 그의 모든 권한을 발휘해 달라고 요구했습니다.

재판관은 주의와 친절함으로 저를 경청했습니다.

"선생님, 믿으십시오," 그가 말했습니다. "악당을 발견하기 위해 저의 노력이나 수고는 아끼지 않을 것입니다."

"감사합니다," 저는 대답했습니다. "그러므로, 제가 해야 할 진술을 들어 주십시오. 그것은 정말로 너무나 이상한 이야기여서, 아무리 놀랍더라도 진실에는 확신을 강요하는 무언가가 없었더라면 당신이 그것을 믿지 않을까 두려울 정도입니다. 그 이야기는 꿈으로 착각되기에는 너무나 연결되어 있고, 저에게는 거짓말할 동기가 없습니다."

제가 이렇게 그에게 말했을 때 저의 태도는 인상적이었지만 침착했습니다. 저는 저의 파괴자를 죽음까지 추격하겠다는 결심을 저의 심장 속에서 형성했고, 이 목적이 저의 고통을 진정시켰으며 잠시 동안 저를 삶과 화해시켰습니다. 저는 이제 저의 역사를 간략하게 하지만 확고함과 정확함으로 이야기했고, 날짜를 정확하게 표시했으며, 결코 욕설이나 외침으로 벗어나지 않았습니다.

재판관은 처음에는 완전히 불신하는 듯 보였지만, 제가 계속함에 따라 더 주의 깊고 관심을 가졌습니다. 저는 그가 때때로 공포로 몸서리치는 것을 보았고, 다른 때는 불신이 섞이지 않은 생생한 놀라움이 그의 얼굴에 그려져 있었습니다.

제가 저의 서술을 마쳤을 때, 저는 말했습니다.

"이것이 제가 고발하는 존재입니다. 그리고 그것의 체포와 처벌을 위해 당신이 당신의 모든 권한을 발휘해 줄 것을 요구합니다. 그것은 치안 판사로서 당신의 의무입니다. 그리고 저는 이 기회에 인간으로서의 당신의 감정이 그러한 직무의 실행에 반발하지 않기를 믿고 희망합니다."

이 발언은 듣는 자의 용모에 상당한 변화를 야기했습니다. 그는 저의 이야기를 영혼과 초자연적인 사건에 대한 이야기에 주어지는 반쯤 친절한 믿음으로 들었습니다. 하지만 그가 그것에 따라 공식적으로 행동하도록 요구받았을 때, 그의 불신의 전체 흐름이 돌아왔습니다. 하지만 그는 온화하게 대답했습니다.

"저는 당신의 추구에 모든 도움을 기꺼이 제공할 것입니다. 하지만 당신이 말하는 그 피조물은 저의 모든 노력에 저항할 힘을 가지고 있는 듯 보입니다. 누가 얼음 바다를 횡단할 수 있고, 어떤 사람도 침입할 엄두를 내지 못할 동굴과 굴에서 거주할 수 있는 동물을 따라갈 수 있을까요? 게다가, 그의 범죄 발생 이후 몇 달이 흘렀고, 그가 어떤 장소로 방황했는지, 혹은 어떤 지역에 지금 거주하고 있는지 누구도 추측할 수 없습니다."

"나는 그가 내가 거주하는 장소 근처를 맴돌고 있다는 것을 의심하지 않습니다. 그리고 만약 그가 정말로 알프스에 피신했다면, 그는 샤모아처럼 사냥당하고 맹수처럼 파괴될 수 있습니다. 하지만 나는 당신의 생각을 감지합니다. 당신은 나의 서술을 신뢰하지 않고, 나의 적에게 그의 응당한 처벌을 추구할 의도가 없습니다."

제가 말했을 때, 격노가 저의 눈에서 번쩍였습니다. 재판관은 위협을 느꼈습니다.

"당신은 오해하고 있습니다," 그가 말했습니다. "저는 노력할 것이며, 만약 괴물을 붙잡을 수 있다면, 그가 그의 범죄에 비례하는 처벌을 받을 것이라고 확신하십시오. 하지만 당신 자신이 묘사한 그의 속성으로 보아, 이것이 실행 불가능하다는 것이 증명될까 두렵습니다. 따라서, 모든 적절한 조치가 추구되는 동안에도, 당신은 실망에 대비해야 합니다."

"그것은 있을 수 없습니다. 하지만 제가 할 수 있는 모든 말은 거의 소용이 없을 것입니다. 저의 복수는 당신에게는 중요하지 않습니다. 여전히, 저는 그것이 악덕임을 인정하지만, 그것이 저의 영혼의 소모적이고 유일한 열정임을 고백합니다. 저는 제가 사회에 풀어놓은 살인자가 여전히 존재한다는 것을 성찰할 때 저의 격노는 말로 표현할 수 없습니다. 당신은 저의 정당한 요구를 거부합니다. 저에게는 오직 하나의 자원만이 있습니다. 그리고 저는 저의 삶이나 죽음 중 하나를 그의 파괴에 바칩니다."

저는 이 말을 했을 때 과도한 동요로 떨었습니다. 저의 태도에는 광기가 있었고, 옛 순교자들이 소유했다고 전해지는 그 오만한 맹렬함이 없지 않았을 것이라고 저는 의심하지 않습니다. 하지만 헌신과 영웅주의 외의 다른 생각으로 마음이 차 있던 제네바 치안 판사에게, 이러한 정신의 고양은 광기의 모습이 강했습니다. 그는 간호사가 아이를 달래듯 저를 달래려 노력했고, 저의 이야기를 섬망의 효과로 되돌렸습니다.

저는 외쳤습니다.

"당신의 지혜의 자부심 속에서 당신은 얼마나 무지한가! 그만! 당신은 자신이 무엇을 말하고 있는지 모릅니다."

저는 화가 나고 혼란스러운 채 집을 뛰쳐나왔고, 다른 행동 방식을 명상하기 위해 물러났습니다.

24

저의 현재 상황은 모든 자발적인 생각이 삼켜지고 사라진 상황이었습니다. 저는 분노에 휩쓸려 갔습니다. 복수만이 저에게 힘과 평정을 부여했습니다. 그것이 저의 감정을 빚어내고, 달리 섬망이나 죽음이 저의 몫이었을 시기에 계산적이고 침착할 수 있도록 허락했습니다.

저의 첫 번째 결심은 제네바를 영원히 떠나는 것이었습니다. 제가 행복하고 사랑받았을 때 저에게 소중했던 저의 고국은 이제 저의 역경 속에서 혐오스럽게 되었습니다. 저는 어머니에게 속했던 몇 가지 보석과 함께 약간의 돈을 마련하여 떠났습니다.

그리고 이제 저의 방랑이 시작되었는데, 이는 삶과 함께 끝날 것입니다. 저는 지구의 광대한 부분을 횡단했고, 사막과 야만적인 나라의 여행자들이 흔히 겪는 모든 고난을 견뎌냈습니다. 제가 어떻게 살았는지 저는 거의 알지 못합니다. 저는 자주 모래 평원 위에 힘을 잃은 사지를 뻗고 죽음을 기도했습니다. 하지만 복수가 저를 살아있게 했습니다. 저는 감히 죽지 못하고 저의 적을 존재하도록 남겨 둘 수 없었습니다. 존버가 저의 유일한 삶의 목표였죠.

제가 제네바를 떠났을 때 저의 첫 번째 임무는 저의 악마 같은 적의 발자취를 추적할 수 있는 어떤 실마리를 얻는 것이었습니다. 하지만 저의 계획은 불안정했고, 저는 어떤 길을 추구해야 할지 불확실한 채 마을의 경계를 몇 시간 동안 헤매었습니다. 밤이 다가오자 저는 윌리엄, 엘리자베스 그리고 저의 아버지가 안식하고 있던 묘지의 입구에 있는 저 자신을 발견했습니다. 저는 그곳에 들어서서 그들의 무덤을 표시한 묘소에 접근했습니다. 바람에 부드럽게 동요하는 나무들의 잎 외에는 모든 것이 고요했습니다. 밤은 거의 어두웠고, 그 장면은 무관심한 관찰자에게조차 엄숙하고 감동적이었을 것입니다. 떠나간 자들의 영이 주변을 맴돌며, 애도하는 자의 머리 주위에 느껴지지만 보이지 않는 그림자를 드리우는 듯했습니다.

이 장면이 처음 일으켰던 깊은 슬픔은 재빨리

분노와 절망으로 바뀌었습니다. 그들은 죽었고, 저는 살아 있었습니다. 그들의 살인자 또한 살아 있었고, 그를 파괴하기 위해 저는 저의 지친 존재를 끌어내야 했습니다. 저는 풀밭에 무릎을 꿇고 땅에 입 맞추고 떨리는 입술로 외쳤습니다. "제가 무릎 꿇고 있는 이 신성한 땅으로, 제 근처를 방황하는 영혼들로, 제가 느끼는 깊고 영원한 슬픔으로 맹세합니다. 그리고 오, 밤이여, 그리고 당신을 주재하는 영들이여, 이 비참함을 야기한 그 악마를 그나 저나 필사적인 갈등 속에서 멸망할 때까지 추구할 것을 맹세합니다. 이 목적을 위해 저는 저의 생명을 보존할 것입니다. 이 소중한 복수를 실행하기 위해 저는 다시 태양을 보고 땅의 푸른 풀을 밟을 것입니다. 그렇지 않다면 그것은 저의 눈에서 영원히 사라져야 합니다. 그리고 저는 죽은 자들의 영에게, 그리고 복수의 방황하는 사역자들에게 저의 일을 돕고 인도해 달라고 호소합니다. 그 저주받고 지옥 같은 괴물이 고통을 깊이 마시게 하라. 지금 저를 괴롭히는 그 절망을 그가 느끼게 하라."

저는 저의 맹세를 엄숙함과 경외심으로 시작했고, 살해된 친구들의 영혼이 저의 헌신을 듣고 승인했다는 것을 확신했습니다. 하지만 분노가 나를 사로잡았고, 격노가 저의 발성을 질식시켰습니다.

고요한 밤을 통해 크고 악마 같은 웃음이 저에게 대답했습니다. 그것은 오랫동안 그리고 무겁게 저의 귀에 울려 퍼졌고, 산들이 그것을 메아리쳤습니다. 그리고 저는 마치 모든 지옥이 조롱과 웃음으로 저를 둘러싼 것처럼 느꼈습니다.

확실히 그 순간에 저는 광기에 사로잡혀 저의 비참한 존재를 파괴했어야 했지만, 저의 맹세가 들렸고 제가 복수를 위해 남겨졌다는 것이 저를 붙잡았습니다. 웃음이 사라졌을 때, 잘 알려진 그리고 혐오스러운 목소리가 분명히 저의 귀 가까이에서 들을 수 있는 속삭임으로 저에게 말했습니다.

"나는 만족한다, 비참한 녀석! 너는 살기로 결심했고, 나는 만족한다."

저는 소리가 나온 곳을 향해 돌진했지만, 그 악마는 저의 손아귀를 피했습니다. 갑자기 달의 넓은 원반이 떠올라 빛났고, 그가 필멸을 초월한 속도로 도망칠 때 그의 섬뜩하고 일그러진 모습에 온전히 비추었습니다.

저는 그를 추격했고, 몇 달 동안 이것이 저의

임무였습니다. 작은 실마리에 이끌려, 저는 론강의 굽이를 따라갔지만 헛수고였습니다. 푸른 지중해가 나타났고, 이상한 우연으로, 저는 그 악마가 밤에 흑해로 향하는 배에 들어서 숨는 것을 보았습니다. 저는 같은 배에 승선했지만, 그는 도망쳤고, 저는 어떻게 되었는지 모릅니다.

타타르와 러시아의 황무지 속에서, 그가 여전히 저를 피했음에도 불구하고, 저는 항상 그의 흔적을 따랐습니다. 때때로 농민들은 이 끔찍한 환영에 겁에 질려 그의 길을 저에게 알려주었고, 때로는 그 자신이, 제가 모든 흔적을 잃으면 절망하고 죽을까 두려워 저를 인도할 어떤 표시를 남겼습니다. 눈이 저의 머리에 내렸고, 저는 흰 평원에서 그의 거대한 발자국의 흔적을 보았습니다. 삶을 처음 시작하고 걱정이 새롭고 고통이 알려지지 않은 당신이 제가 느꼈던 것과 여전히 느끼는 것을 어떻게 이해할 수 있겠습니까? 추위, 궁핍 그리고 피로는 제가 견디도록 운명지어진 가장 작은 고통이었습니다. 저는 어떤 악마에게 저주받았고 저의 영원한 지옥을 짊어지고 다녔습니다. 여전히 선의 정신이 저를 따르고 저의 발걸음을 인도했으며, 제가 가장 많이 불평했을 때 갑자기 넘을 수 없을 듯한 어려움에서 저를 구출하곤 했습니다. 때때로 굶주림에 압도된 자연이 탈진으로 쓰러졌을 때, 저를 회복시키고 활기를 불어넣어 줄 식사가 사막에서 저를 위해 준비되었습니다. 음식은 실로 거칠었고, 그 나라의 농민들이 먹는 것과 같았지만, 저는 저를 돕기 위해 제가 불렀던 영혼들에 의해 그것이 그곳에 놓여 있었다는 것을 의심하지 않을 것입니다. 종종, 모든 것이 건조하고 하늘이 구름 한 점 없을 때, 그리고 제가 갈증으로 목이 탔을 때, 작은 구름이 하늘을 흐리게 하고, 저를 소생시킨 몇 방울을 떨어뜨리고 사라졌습니다. (럭키비키처럼 느껴지게 하는 초자연적인 도움이었죠.)

저는 가능한 한 강의 경로를 따라갔습니다. 하지만 그 악마는 일반적으로 이곳을 피했습니다. 이곳에 그 나라의 인구가 주로 모여 있었기 때문입니다. 다른 장소에서는 인간이 거의 보이지 않았고, 저는 일반적으로 저의 길을 가로지르는 야생 동물로 생계를 유지했습니다. 저는 돈을 가지고 있었고, 그것을 나눠줌으로써 마을 사람들의 우정을 얻었습니다. 혹은 제가 죽인 어떤 음식을 가져왔는데, 작은 부분을 취한 후, 항상 저에게 불과 요리 도구를 제공했던 사람들에게 제공했습니다.

이렇게 지나간 저의 삶은 정말로 저에게 혐오스러웠고, 잠 속에서만 즐거움을 맛볼 수 있었습니다. 오, 축복받은 잠이여! 종종, 가장 비참했을 때, 저는 휴식에 가라앉았고, 저의 꿈은 황홀경에 이르도록 저를 달랬습니다. 저를 지키는 영혼들이 저의 순례를 이행할 힘을 유지할 수 있도록 이러한 행복의 순간들, 아니 시간들을 제공했습니다. 이러한 휴식이 없었다면, 저는 저의 고난 아래 쓰러졌을 것입니다. 낮 동안 저는 밤의 희망으로 지탱되고 활기를 얻었습니다. 잠 속에서 저는 저의 친구들, 저의 아내 그리고 저의 사랑하는 나라를 보았습니다. 다시 저는 아버지의 자비로운 용모를 보았고, 엘리자베스의 은빛 음색의 목소리를 들었으며, 클레르발이 건강과 젊음을 누리는 것을 보았습니다. 종종, 힘든 행진에 지쳤을 때, 저는 밤이 올 때까지 꿈꾸고 있다고 스스로를 설득했고, 그때 가장 사랑하는 친구들의 팔 속에서 현실을 즐길 것이라고 생각했습니다. 제가 그들에게 느꼈던 고통스러운 애정은 어떠했습니까! 때때로 그들이 저의 깨어 있는 시간조차 맴돌았을 때, 저는 그들의 소중한 모습에 어떻게 매달렸고 그들이 아직 살아 있다고 스스로를 설득했습니까! 그런 순간에 제 안에서 타오르던 복수심은 제 심장에서 죽었고, 저는 저의 영혼의 열렬한 욕망이라기보다는, 하늘이 명령한 과제처럼, 제가 의식하지 못하는 어떤 힘의 기계적인 충동처럼 그 악마의 파괴를 향해 저의 길을 추구했습니다.

제가 추격했던 그의 감정이 어떠했는지 저는 알

수 없습니다. 때때로, 실로, 그는 나무 껍질 위에 글로 표시를 남기거나 돌에 새겨 저를 인도하고 저의 분노를 자극했습니다.

"나의 통치는 아직 끝나지 않았다"—이러한 글귀가 이러한 비문 중 하나에서 읽을 수 있었다—"너는 살아있고, 나의 힘은 완전하다. 나를 따라오라. 나는 북극의 영원한 얼음을 찾는다. 그곳에서 너는 내가 무감각한 추위와 서리의 비참함을 느낄 것이다. 네가 너무 느리게 따라오지 않는다면, 이곳 근처에서 죽은 토끼를 발견할 것이다. 먹고 기운을 차려라. 오라, 나의 적이여. 우리는 아직 우리의 생명을 위해 씨름해야 하지만, 그 기간이 도착할 때까지 너는 많은 힘들고 비참한 시간을 견뎌야 할 것이다."

조롱하는 악마! 다시 저는 복수를 맹세합니다.

다시 저는 너, 비참한 악마를 고문과 죽음에 바칩니다. 그나 저나 멸망할 때까지 저는 저의 탐색을 결코 포기하지 않을 것입니다. 그리고 그때 저는 얼마나 큰 황홀경으로 저의 엘리자베스와 저의 떠나간 친구들과 합류할까요! 그들은 지금 이 순간에도 저의 지루한 노고와 끔찍한 순례의 보상을 저를 위해 준비하고 있습니다!

제가 여전히 북쪽으로 저의 여행을 추구하는 동안, 눈은 더욱 두꺼워졌고 추위는 견디기 거의 너무 혹독할 정도로 증가했습니다. 농민들은 그들의 움막에 갇혀 있었고, 오직 가장 강인한 몇 명만이 굶주림이 그들의 숨어 있는 곳에서 먹이를 찾도록 강요했던 동물들을 붙잡기 위해 나섰습니다. 강들은 얼음으로 덮여 있었고, 물고기를 구할 수 없었습니다. 이렇게 저는 저의 주요 생계 물품에서 단절되었습니다.

저의 적의 승리는 저의 노동의 어려움과 함께 증가했습니다. 그가 남긴 한 비문은 이러한 말로 되어 있었습니다.

"준비하라! 너의 노고는 이제 시작일 뿐이다. 털가죽으로 몸을 감싸고 음식을 준비하라. 우리는 곧 너의 고통이 나의 영원한 증오를 만족시킬 여행에 들어설 것이기 때문이다."

저의 용기와 인내심은 이러한 조롱하는 말로 활기를 얻었습니다. 저는 저의 목적에 실패하지 않기로 결심했고, 하늘에 저를 지지해 달라고 간청하며, 대양이 멀리서 나타나 지평선의 최대 경계를 형성할 때까지 끊임없이 열렬함으로 광대한 사막을 횡단했습니다. 오! 그것이 남쪽의 푸른 계절과 얼마나 달랐던가! 얼음으로 덮여,

그것은 단지 그것의 우월한 야성과 거침으로 땅과 구별될 수 있었을 뿐입니다. 그리스인들은 아시아의 언덕에서 지중해를 보았을 때 기쁨으로 울었고, 그들의 노고의 경계를 황홀경으로 환영했습니다. 저는 울지 않았지만, 무릎을 꿇고 충만한 심장으로 저의 적의 조롱에도 불구하고, 제가 그를 만나 씨름하기 바랐던 장소로 저를 안전하게 인도해 준 저의 안내 영에게 감사했습니다.

이 기간 몇 주 전, 저는 썰매와 개를 구했고, 이렇게 믿을 수 없는 속도로 눈을 횡단했습니다. 저는 그 악마가 같은 이점을 소유했는지 모르지만, 저는 이전에 제가 추격에서 매일 땅을 잃었던 것처럼, 이제 그에게 따라잡고 있다는 것을 발견했습니다. 너무나 많이, 제가 처음 대양을 보았을 때 그는 단지 하루 거리 앞서 있었고, 저는 그가 해변에 도달하기 전에 그를 가로챌 수 있기를 바랐습니다. 따라서 새로운 용기로 저는 밀고 나갔고, 이틀 후 해안의 비참한 작은 마을에 도착했습니다. 저는 주민들에게 그 악마에 대해 물었고, 정확한 정보를 얻었습니다. 거대한 괴물이 전날 밤 도착했고, 총과 많은 권총으로 무장했으며, 그의 끔찍한 모습에 대한 두려움으로 고독한 오두막의 주민들을 도망치게 했다고. 그는 그들의 겨울 식량 저장고를 가져갔고, 그것을 썰매에 놓고, 그것을 끌기 위해 훈련된 개 무리를 잡아챘습니다. 그는 그들을 마구간에 묶었고, 같은 날 밤, 공포에 질린 마을 사람들의 기쁨 속에서, 어떤 땅으로도 이어지지 않는 방향으로 바다를 가로질러 여행을 추구했습니다. 그들은 그가 얼음이 깨지거나 영원한 서리에 얼어붙어 곧 파괴될 것이라고 추측했습니다.

이 정보를 듣자 저는 일시적인 절망의 발작을 겪었습니다. 그는 저를 피했고, 저는 대양의 산악 얼음을 가로질러 파괴적이고 거의 끝없는 여행을 시작해야 했습니다. 그곳은 주민들 중 극소수만이 오래 견딜 수 있었고, 온화하고 햇볕 잘 드는 기후의 본토인인 저는 살아남기를 희망할 수 없는 추위 속에서였습니다. 여전히 그 악마가 살아남아 승리할 것이라는 생각에 저의 격노와 복수심이 돌아왔고, 거대한 조수처럼 다른 모든 감정을 압도했습니다. 잠시 동안 휴식을 취하는 동안, 죽은 자들의 영이 주변을 맴돌며 저를 노동과 복수로 선동했고, 저는 저의 여행을 준비했습니다. 저는 저의 땅 썰매를 얼어붙은 대양의 불균형을 위해 만들어진 것으로 교환했고, 충분한 식량 비축을 구매하고, 땅에서 떠났습니다.

그때 이후로 얼마나 많은 날이 지났는지 저는 추측할 수 없지만, 저의 심장 속에서 타오르는 정당한 징벌의 영원한 감정 외에는 아무것도 저를 지지할 수 없었을 비참함을 견뎌냈습니다. 거대하고 울퉁불퉁한 얼음 산들이 종종 저의 통로를 막았고, 저는 종종 저의 파괴를 위협하는 밑바닥 바다의 천둥 소리를 들었습니다. 하지만 다시 서리가 찾아왔고, 바다의 길을 안전하게 만들었습니다.

제가 소비한 식량의 양으로 보아, 저는 이 여행에서 3주를 보냈다고 추측해야 합니다. 그리고 희망의 끊임없는 연장이 심장으로 되돌아오면서, 종종 저의 눈에서 절망과 슬픔의 쓰라린 물방울을

쥐어짜냈습니다. 절망은 거의 자신의 먹이를 확보했고, 저는 곧 이 비참함 아래 쓰러졌을 것입니다. 한번은, 저를 운반하던 불쌍한 동물들이 믿을 수 없는 노고로 경사진 얼음 산의 정상을 얻었고, 그들 중 하나가 피로로 쓰러져 죽었을 때, 저는 고통 속에서 제 앞의 광활한 공간을 바라보았는데, 갑자기 저의 눈이 어두운 평원 위의 검은 반점을 잡았습니다. 저는 그것이 무엇인지 발견하기 위해 시력을 긴장시켰고, 그 안에서 썰매와 잘 알려진 형상의 일그러진 비례를 구별했을 때 황홀경의 야성적인 외침을 내뱉었습니다. 오! 어떤 불타는 분출로 희망이 저의 심장을 다시 찾아왔던가! 따뜻한 눈물이 저의 눈을 채웠고, 저는 그것들이 악마의 시야를 가로막지 않도록 서둘러 닦아냈습니다. 하지만 여전히 저의 시야는 타는 듯한 물방울로 흐려졌고, 마침내 저를 억압하는 감정에 굴복하여, 저는 크게 울었습니다.

하지만 이것은 지연할 시간이 아니었습니다. 저는 개들의 죽은 동료의 짐을 풀고, 그들에게 충분한 양의 음식을 주었고, 절대적으로 필요했지만, 저에게 쓰라리게 지루했던 한 시간의 휴식 후, 저는 저의 경로를 계속했습니다. 썰매는 여전히 보였고, 저는 짧은 시간 동안 어떤 얼음 바위가 그것을 가로막는 바위 틈으로 숨겼을 때를 제외하고는 다시는 그것을 시야에서 잃지 않았습니다. 저는 정말로 그것에 눈에 띄게 따라잡고 있었고, 거의 이틀 동안의 여행 후, 저의 적이 1마일 이상 떨어져 있지 않다는 것을 보았을 때, 저의 심장은 제 안에서 고동쳤습니다.

하지만 이제, 제가 저의 적의 손아귀 안에 거의

있는 듯 보였을 때, 저의 희망은 갑자기 꺼졌고, 저는 이전에 그랬던 것보다 더 완전히 그의 흔적을 잃었습니다. 밑바닥 바다 소리가 들렸습니다. 물이 저 아래서 구르고 부풀어 오르는 동안 그것의 진행의 천둥소리는 매 순간 더욱 불길하고 끔찍해졌습니다. 저는 밀고 나갔지만, 헛수고였습니다. 바람이 솟아올랐고, 바다는 포효했습니다. 그리고 지진의 강력한 충격처럼, 그것은 엄청나고 압도적인 소리로 갈라지고 금이 갔습니다. 그 작업은 곧 끝났습니다. 몇 분 안에 소란스러운 바다가 저와 저의 적 사이에서 넘실거렸고, 제가 의지하고 있는 얼음은 계속 줄어들고 있었고, 이렇게 저에게 끔찍한 죽음을 준비하고 있던 흩어진 얼음 조각 위에 표류하게 남겨졌습니다.

이런 식으로 많은 소름끼치는 시간이 지났습니다. 저의 개들 중 몇 마리가 죽었고, 저 자신도 고난의 축적 아래 쓰러지려 했을 때, 저는 당신의 배가 닻을 내리고 저에게 구조와 생명의 희망을 내밀고 있는 것을 보았습니다. 저는 배가 그토록 북쪽까지 왔으리라고는 전혀 생각하지 못했고, 그 광경에 놀랐습니다. 저는 재빨리 저의 썰매의 일부를 파괴하여 노를 만들었고, 이러한 수단으로 무한한 피로를 가지고 저의 얼음 뗏목을 당신의 배의 방향으로 움직일 수 있었습니다. 저는 만약 당신이 남쪽으로 가고 있다면, 저의 목적을 포기하기보다 여전히 바다의 자비에 스스로를 맡기기로 결심했습니다. 저는 당신이 저의 적을 추격할 수 있는 배를 저에게 허락하도록 설득하기를 바랐습니다. 하지만 당신의 방향은 북쪽이었습니다. 당신은 저의 활력이 고갈되었고, 저의 임무가 완수되지 않았기 때문에 여전히 두려워하는 죽음 속으로 저의 수많은 고난 아래 곧 쓰러졌을 저를 배에 태웠습니다.

오! 저의 운명은 언제 저를 그 악마에게 인도하고, 제가 그토록 바라는 휴식을 저에게 허락할까요? 아니면 저는 죽어야 하고, 그는 여전히 살아 있어야 할까요? 만약 제가 죽는다면, 월튼, 그가 도망치지 않을 것이라고 저에게 맹세하십시오. 당신이 그를 찾아 그의 죽음으로 나의 복수를 만족시킬 것이라고 맹세하십시오. 그리고 저는 감히 당신에게 저의 순례를 떠맡고, 제가 겪었던 고난을 견디도록 요청할 수 있을까요? 아닙니다. 저는 그토록 이기적이지 않습니다. 여전히, 제가 죽었을 때, 만약 그가 나타난다면,

만약 복수의 사역자들이 그를 당신에게 인도한다면, 그가 살아남지 않을 것이라고 맹세하십시오—그가 저의 축적된 비애 위에 승리하고 그의 어두운 범죄 목록을 추가하기 위해 살아남지 않을 것이라고 맹세하십시오. 그는 웅변적이고 설득력이 있으며, 한때 그의 말은 저의 심장 위에도 힘이 있었습니다. 하지만 그를 믿지 마십시오. 그의 영혼은 그의 모습만큼 지옥 같고, 배신과 악마 같은 악의로 가득 차 있습니다. 그의 말을 듣지 마십시오. 윌리엄, 저스틴, 클레르발, 엘리자베스, 나의 아버지 그리고 비참한 빅터의 이름을 부르고, 당신의 칼을 그의 심장에 꽂으십시오. 나는 근처에서 맴돌며 강철을 정확하게 지시할 것입니다.

월튼, 이어서

ㅡ. 17__년 8월 26일

마거릿, 당신은 이 이상하고 끔찍한 이야기를 읽었습니다. 그리고 당신은 지금 나의 피를 응고시키는 것과 같은 공포로 당신의 피가 응고되는 것을 느끼지 않습니까? 때때로, 갑작스러운 고통에 사로잡혀, 그는 자신의 이야기를 계속할 수 없었습니다. 다른 때는, 그의 목소리가 끊어졌지만, 뚫고 들어오는 목소리로, 고통으로 가득 찬 단어들을 어렵게 내뱉었습니다. 그의 섬세하고 사랑스러운 눈은 때로는 분노로 밝아졌고, 때로는 고개 숙인 슬픔으로 누그러지고 무한한 비참함 속에서 꺼졌습니다. 때때로 그는 자신의 용모와 어조를 통제했고, 가장 끔찍한 사건을 평온한 목소리로 이야기하며, 모든 동요의 표시를 억눌렀습니다. 그러고 나서, 터져나오는 화산처럼, 그의 얼굴은 그의 박해자에게 저주를 외칠 때 가장 거친 격노의 표현으로 갑자기 변했습니다.

그의 이야기는 연결되어 있고, 가장 단순한 진실의 모습으로 전달되었지만, 나는 당신에게 고백합니다. 그가 나에게 보여준 펠릭스와 사피의 편지와 우리 배에서 본 괴물의 환영이 그의 단언보다 더 큰 진실성의 확신을 나에게 가져다주었습니다. 그토록 끔찍한 괴물이 정말로 존재하는구나! 나는 그것을 의심할 수 없지만, 놀라움과 감탄 속에서 길을 잃었습니다. 때때로 나는 프랑켄슈타인에게서 그의 피조물의 형성의 세부 사항을 얻으려 노력했지만, 이 문제에 대해 그는 꿰뚫을 수 없었습니다.

"나의 친구, 너는 미쳤습니까?" 그가 말했습니다. "혹은 너의 무감각한 호기심이 너를 어디로 이끌고 있습니까? 너 자신과 세상을 위해 악마 같은 적을 또한 창조하려 합니까? 평화, 평화! 나의 비참함을 배우고 너 자신의 것을 증가시키려 하지 마십시오."

프랑켄슈타인은 내가 자신의 역사에 관해 메모를 한다는 것을 발견했습니다. 그는 그것들을 보고 싶다고 요청했고, 그러고 나서 스스로 여러 곳에서 그것들을 수정하고 보강했습니다. 하지만 주로 자신이 자신의 적과 나눈 대화에 생명과 정신을 부여하는 데 있었습니다.

"네가 나의 서술을 보존했으니," 그가 말했습니다. "나는 훼손된 것이 후세에 전해지는 것을 원치 않습니다."

이렇게 한 주가 흘렀고, 그동안 나는 상상력이

형성한 가장 이상한 이야기를 들었습니다. 나의 생각과 영혼의 모든 감정은 이 이야기와 그의 고상하고 온화한 태도가 만들어낸 나의 손님에 대한 흥미에 젖어들었습니다. 나는 그를 달래고 싶지만, 그토록 헤아릴 수 없이 비참하고, 위안의 모든 희망이 없는 사람에게 살라고 조언할 수 있을까요? 오, 아니다! 그가 이제 알 수 있는 유일한 기쁨은 그가 자신의 산산조각난 정신을 평화와 죽음으로 가다듬을 때일 것입니다. 여전히 그는 하나의 위안을 누립니다. 고독과 섬망의 소산인 것입니다. 그는 꿈속에서 자신의 친구들과 대화하고, 그 교감에서 자신의 비참함에 대한 위안이나 복수심을 위한 흥분을 얻을 때, 그것들이 자신의 공상의 창조물이 아니라, 먼 세계의 지역에서 그를 방문하는 존재 자체라고 믿습니다.

이 믿음은 그의 몽상에 엄숙함을 부여하고, 그것들을 나에게 거의 진실만큼 인상적이고 흥미롭게 만듭니다.

우리의 대화는 항상 그의 자신의 역사와 불행에 국한되지 않습니다. 일반 문학의 모든 요점에서 그는 무한한 지식과 빠르고 날카로운 이해력을 드러냅니다. 그의 웅변은 강력하고 감동적입니다. 또한, 그가 애절한 사건을 이야기하거나 연민이나 사랑의 열정을 움직이려 노력할 때, 나는 눈물 없이 그의 말을 들을 수 없습니다. 그가 파멸 속에서 이토록 고귀하고 신과 같을 때, 그의 번영의 날들에는 얼마나 영광스러운 피조물이었을까요! 그는 자신의 가치와 자신의 몰락의 위대함을 느끼는 듯합니다.

“더 젊었을 때,” 그가 말했습니다. “저는 어떤

위대한 사업을 위해 운명 지어졌다고 믿었습니다. 저의 감정은 깊지만, 저는 뛰어난 업적에 적합한 판단의 냉철함을 소유했습니다. 저의 본성의 가치에 대한 이 감정은 다른 사람들이 압도되었을 때 저를 지지했습니다. 저는 쓸모없는 슬픔 속에서 저의 동료 피조물들에게 유용할 수 있는 그 재능들을 버리는 것을 범죄라고 여겼기 때문입니다. 제가 완료한 작업을 성찰했을 때, 민감하고 이성적인 동물의 창조보다 결코 덜하지 않은 그 작업을 성찰했을 때, 저는 스스로를 평범한 기획자 무리와 함께 순위를 매길 수 없었습니다. 하지만 저의 경력 시작에 저를 지지했던 이 생각은 이제 단지 저를 더 낮은 먼지 속으로 몰아넣는 역할만 합니다. 저의 모든 추측과 희망은 아무것도 아니며, 전능함을 열망했던 대천사처럼, 저는 영원한 지옥에 묶여 있습니다. 저의 상상력은 생생했지만, 저의 분석과 몰두 능력은 강렬했습니다. 이러한 자질의 결합으로 저는 인간을 창조하는 아이디어를 구상하고 실행했습니다. 저는 아직도 작업이 불완전했을 때 저의 몽상을 열정 없이 기억할 수 없습니다. 저는 저의 생각 속에서 천국을 밟았고, 때로는 저의 힘에 환호하고, 때로는 그것들의 효과의 생각으로 타올랐습니다. 저의 유아기부터 저는 높은 희망과 숭고한 야망에 물들어 있었습니다. 하지만 저는 얼마나 추락했습니까! 오! 나의 친구, 당신이 이전의 나를 알았더라면, 당신은 이 타락의 상태에서 저를 알아보지 못했을 것입니다. 낙담은 저의 심장을 거의 방문하지 않았습니다. 숭고한 운명이 저를 앞으로 이끄는 듯 했지만, 저는 쓰러졌고, 다시는, 다시는 일어설 수 없었습니다."

나는 그렇다면 이 놀라운 존재를 잃어야 하는가? 나는 친구를 갈망했습니다. 나는 나와 공감하고 나를 사랑할 사람을 찾았습니다. 보라, 이 황량한 바다에서 나는 그러한 사람을 발견했습니다. 하지만 나는 그의 가치를 알고 그를 잃기 위해서만 그를 얻었을까 두렵습니다. 나는 그를 삶과 화해시키고 싶지만, 그는 그 생각을 물리칩니다.

"월튼, 그토록 비참한 존재에게 향하는 당신의 친절한 의도에 감사합니다," 그가 말했습니다. "하지만 당신이 새로운 유대와 신선한 애정에 대해 말할 때, 떠나간 사람들을 대신할 수 있는 누군가가 있다고 생각합니까? 어떤 사람도 저에게 클레르발과 같을 수 있을까요, 혹은 어떤 여성도 또 다른 엘리자베스일 수 있을까요? 애정이 어떤 우월한 탁월함으로 강하게 움직이지 않는 곳에서도, 우리 어린 시절의 동반자들은 항상 우리 마음 위에 어떤 힘을 소유하는데, 이는 어떤 나중의 친구도 거의 얻을 수 없는 것입니다. 그들은 우리의 유아적인 성품을 압니다. 그것들은 나중에 어떻게 수정될지라도, 결코 근절되지 않습니다. 그리고 그들은 우리 동기의 성실성에 대한 더 확실한 결론으로 우리 행동을 판단할 수 있습니다. 누이나 형제는 결코, 정말로 그러한 징후가 일찍이 보이지 않았다면, 서로를 사기나 거짓 거래로 의심할 수 없습니다. 다른 친구가 아무리 강하게 애착되어 있더라도, 스스로 모르게, 의심을 가지고 응시될 수도 있습니다. 하지만 저는 친구들을 누렸습니다. 습관과 교제로 인해 소중할 뿐만 아니라, 그들 자신의 장점으로도 소중했습니다. 그리고 제가 어디에 있든, 엘리자베스의 달래는 목소리와 클레르발의 대화가 항상 저의 귀에 속삭여질 것입니다. 그들은 죽었고, 그러한 고독에서 단 하나의 감정만이 저에게 저의 삶을 보존하도록 설득할 수 있습니다. 만약 제가 저의 동료 피조물들에게 광범위한 유용성으로 가득한 어떤 숭고한 사업이나 계획에 몰두하고 있었다면, 그때 저는 그것을 이루기 위해 살 수 있었을 것입니다. 하지만 그러한 것은 저의 운명이 아닙니다. 저는 제가 존재를 부여한 그 존재를 추격하고 파괴해야 합니다. 그러면 이 세상에서 저의 운명이 성취될 것이고 저는 죽을 수도 있습니다."

나의 사랑하는 누이.

-. 17__9월 2일.

나는 위험에 둘러싸여 있고, 다시는 사랑하는 영국과 그곳에 거주하는 더 사랑하는 친구들을 보도록 운명 지어졌는지 모르는 상태에서 너에게 편지한다. 나는 탈출을 허용하지 않고 매 순간 나의 배를 부수겠다고 위협하는 얼음 산들에 둘러싸여 있다. 내가 나의 동반자가 되도록 설득했던 용감한 친구들은 나에게 도움을 바라고 있지만, 나는 베풀 도움이 없다. 우리의 상황은 끔찍하게
소름끼치지만, 나의 용기와 희망은 나를 버리지 않는다. 여전히 이 모든 사람들의 생명이 나로 인해 위험에 처해 있다는 것을 성찰하는 것은 끔찍하다.

만약 우리가 길을 잃는다면, 나의 광기 어린 계획이 그 원인이다.

그리고 마거릿, 너의 마음의 상태는 어떠할까? 너는 나의 파멸에 대해 듣지 못할 것이고, 불안하게 나의 귀환을 기다릴 것이다. 몇 년이 지나고, 너는 절망의 방문을 받으면서도 희망에 고문당할 것이다. 오! 나의 사랑하는 누이, 너의 진심 어린 기대가 병적으로 실패하는 것은 전망 속에서 나 자신의 죽음보다 더 끔찍하다. 하지만 너에게는 남편과 사랑스러운 아이들이 있다. 너는 행복할 수도 있다. 하늘이 너를 축복하고 그렇게 만들어 주시기를!

나의 불행한 손님은 가장 다정한 연민으로 나를 바라봅니다. 그는 나를 희망으로 채우려 노력하고,

마치 자신이 가치 있게 여기는 소유물인 듯 삶에 대해 이야기합니다. 그는 이 바다를 시도했던 다른 항해사들에게 같은 사고가 얼마나 자주 일어났는지 나에게 상기시키고, 나는 스스로 모르게, 그가 나를 쾌활한 징조로 채웁니다. 선원들조차 그의 웅변의 힘을 느낍니다. 그가 말할 때, 그들은 더 이상 절망하지 않습니다. 그는 그들의 에너지를 불러일으키고, 그들이 그의 목소리를 들을 동안 그들은 이 광대한 얼음 산들이 인간의 결심 앞에서 사라질 작은 언덕이라고 믿습니다. 이러한 감정은 일시적입니다. 기대가 지연되는 매일 그들을 두려움으로 가득 채우고, 나는 이 절망로 인한 반란을 거의 두려워합니다.

ㅡ. 17__9월 5일

방금 일어난 장면은 그토록 흔치 않은 흥미를 가지고 있어서, 비록 이 종이들이 너에게 결코 닿지 않을 가능성이 매우 높더라도, 나는 그것을 기록하지 않을 수 없다.

우리는 여전히 얼음 산들에 둘러싸여 있고, 여전히 그들의 충돌로 짓눌릴 임박한 위험에 처해 있습니다. 추위는 극심하고, 나의 불행한 동료들 중 많은 수가 이미 이 황량함의 장면 속에서 무덤을 찾았습니다. 프랑켄슈타인은 매일 건강이 쇠퇴했습니다. 열병 같은 불이 여전히 그의 눈에서 희미하게 빛나지만, 그는 탈진했고, 어떤 노력에도 갑자기 깨어났을 때, 그는 곧 겉보기에는 생명 없는 상태로 다시 가라앉습니다.

나는 지난 편지에서 반란에 대해 내가 가졌던 두려움을 언급했다. 오늘 아침, 내가 나의 친구의 창백한 용모를 지켜보고 있을 때—그의 눈은 반쯤 감겨 있었고 사지는 무기력하게 늘어져 있었다—나는 선원들 중 반 다스가 선실로의 입장을 요구하는 소리에 깨어났다. 그들은 들어섰고, 그들의 지도자가 나에게 말을 걸었다. 그는 자신과 자신의 동료들이 다른 선원들에 의해 나에게 사절로 와서 정의상 거절할 수 없는 요구를 하기 위해 선택되었다고 나에게 말했다. 우리는 얼음에 갇혀 있었고 아마도 결코 탈출하지 못할 것이지만, 그들은 만약 가능하다면, 얼음이 흩어지고 자유로운 통로가 열릴 경우, 내가 항해를 계속할 만큼 경솔할 것이며, 그들이 이것을 행복하게 극복할 수도 있은 후 그들을 새로운 위험 속으로 이끌까 두려워했다. 따라서 그들은 만약 배가 풀려나면 즉시 남쪽으로 경로를 돌리겠다고 엄숙한 약속을 할 것을 나에게 주장했다.

이 연설은 나를 괴롭혔다. 나는 절망하지 않았고, 자유로워질 경우 돌아갈 생각을 아직 하지 않았다. 여전히 나는 정의상, 혹은 심지어 가능성상 이 요구를 거절할 수 있을까? 나는 대답하기 전에 망설였다. 그때 처음에는 침묵했고, 사실 주의를 기울일 충분한 힘조차 없는 듯 보였던 프랑켄슈타인이 이제 스스로를 일으켰다. 그의 눈은 반짝였고, 그의 뺨은 일시적인 활력으로 붉어졌다. 선원들을 향해 돌아서서, 그가 말했다.

"무슨 뜻입니까? 당신들은 선장에게 무엇을

요구하십니까? 당신들은 그렇다면 당신들의 계획에서 그토록 쉽게 돌아서는 겁니까? 이것을 영광스러운 원정이라고 부르지 않았습니까? 그리고 왜 영광스러웠습니까? 길이 남쪽 바다처럼 평탄하고 평온했기 때문이 아니라, 위험과 공포로 가득했기 때문입니다. 모든 새로운 사건에서 당신들의 굳건함이 불려 나와야 했고 당신들의 용기가 드러나야 했기 때문입니다. 위험과 죽음이 그것을 둘러쌌고, 당신들은 이것들을 용감하게 맞서 극복해야 했기 때문입니다. 이것을 위해 그것은 영광스러운 것이었고, 이것을 위해 그것은 명예로운 사업이었습니다. 당신들은 나중에 당신들의 종족의 은인으로 환영받고, 당신들의 이름은 명예와 인류의 이익을 위해 죽음에 맞선 용감한 사람들에게 속한 것으로 숭배받아야 했습니다. 그런데 이제, 위험의 첫 번째 상상에, 혹은 원한다면, 당신들의 용기의 첫 번째 강력하고 끔찍한 시련에, 당신들은 움츠러들고 추위와 위험을 견딜 힘이 없는 사람들로 남겨지는 것에 만족합니까? 그래서, 불쌍한 영혼들, 그들은 춥고 그들의 따뜻한 난로로 돌아갔습니다. 왜, 그것은 이러한 준비가 필요하지 않습니다. 당신들이 스스로를 겁쟁이라고 증명하기 위해 이토록 멀리 오고 당신의 선장을 패배의 수치로 끌고 올 필요는 없었습니다. 오! 사람이 되십시오, 아니면 사람 이상이 되십시오. 당신들의 목적에 확고하고 바위처럼 굳건하십시오. 이 얼음은 당신들의 심장이 그럴 수도 있는 재료로 만들어진 것이 아닙니다. 그것은 변화무쌍하며, 당신들이 그렇지 않아야 한다고 말한다면 당신들을 견뎌낼 수 없습니다. 불명예의 낙인이 찍힌 채 당신들의 가족에게 돌아가지 마십시오. 싸우고 정복했으며, 적에게 등을 돌리는 것이 무엇인지 모르는 영웅으로 돌아오십시오." (이것이야말로 중꺾마의 팩폭입니다!)

그는 자신의 연설에서 표현된 다양한 감정에 맞춰 조절된 목소리로, 숭고한 계획과 영웅주의로 가득 찬 눈으로 이것을 말했다. 이 사람들이 감동했다는 것이 놀라운가? 그들은 서로를 바라보았고 대답할 수 없었다. 나는 말했다. 그들에게 물러나서 말해진 것에 대해 고려하도록 말하고, 만약 그들이 강력하게 반대한다면 더 이상 북쪽으로 그들을 인도하지 않을 것이지만, 성찰로 그들의 용기가 돌아오기를 바란다고 말이다.

그들은 물러났고 나는 나의 친구에게

돌아섰지만, 그는 무기력함에 빠져 거의 생명을 잃은 상태였다.

이 모든 것이 어떻게 끝날지 나는 모르지만, 나의 목표를 완수하지 못하고 수치스럽게 돌아가는 것보다 차라리 죽는 것이 낫다. 여전히 나는 그러한 것이 나의 운명이 될까 두렵다. 영광과 명예의 생각에 의존하지 않는 사람들은 자신들의 현재 고난을 결코 기꺼이 계속 견딜 수 없을 것이다.

ㅡ. 17__9월 7일

주사위는 던져졌다. 나는 우리가 파괴되지 않는다면 돌아가기로 동의했다. 이렇게 나의 희망은 겁쟁이와 망설임으로 산산조각 났다. 나는 무지하고 실망한 채 돌아간다. 이 불공평함을 인내심으로 견디기 위해서는 내가 소유한 것보다 더 많은 철학이 필요하다.

ㅡ. 17__9월 9일.

모든 게 끝났다. 나는 영국으로 돌아가고 있다. 나는 유용성과 영광에 대한 나의 희망을 잃었다. 나는 친구를 잃었다. 하지만 나는 사랑하는 누이, 너에게 이 쓰라린 상황을 자세히 이야기하려 노력할 것이다. 그리고 내가 영국으로, 너에게 실려 가는 동안, 나는 낙담하지 않을 것이다.

ㅡ. 17__ 9월 12일,

얼음이 움직이기 시작했고, 섬들이 사방에서 쪼개지고 갈라질 때 멀리서 천둥 같은 포효가 들렸습니다. 우리는 가장 임박한 위험에 처해 있었지만, 우리는 단지 수동적으로 남아있을 수밖에 없었으므로, 나의 주요 주의는 나의 불행한 손님에게 쏠렸습니다. 그의 병이 너무나 심각하게 증가하여 그는 완전히 침대에 갇혀 있었기 때문입니다. 얼음이 우리 뒤에서 갈라졌고 북쪽을 향해 힘껏 몰렸습니다. 서쪽에서 산들바람이 불었고, 11일에 남쪽을 향한 통로가 완전히 자유로워졌습니다. 선원들이 이것을 보고 그들의 고향으로의 복귀가 분명히 보장되었다는 것을 알았을 때, 소란스러운 기쁨의 외침이 그들에게서 크고 오래도록 터져 나왔습니다. 졸고 있던 프랑켄슈타인은 깨어나 그 소란의 원인을 물었습니다.

"그들은," 나는 말했습니다. "곧 영국으로 돌아갈 것이기 때문에 외치는 겁니다."

"그렇다면, 당신은 정말로 돌아갑니까?"

"아아! 예. 저는 그들의 요구를 거스를 수 없습니다. 저는 그들을 원치 않는데도 위험으로 이끌 수 없습니다. 그리고 저는 돌아가야 합니다."

"그렇게 하십시오, 원한다면요. 하지만 저는 그렇게 하지 않을 것입니다. 당신은 당신의 목표를 포기할 수 있지만, 저의 목표는 하늘에 의해 저에게 할당되었고, 저는 감히 그렇지 않습니다. 저는 약하지만, 확실히 저의 복수를 돕는 영들이 저에게 충분한 힘을 부여할 것입니다."

이 말을 하고, 그는 침대에서 뛰어내리려 노력했지만, 그 노력은 그에게 너무나 컸습니다. 그는 쓰러졌고 기절했습니다.

그가 회복되기까지는 오랜 시간이 걸렸고, 나는 종종 생명이 완전히 꺼진 것이라고 생각했습니다. 마침내 그는 눈을 떴습니다. 그는 숨을 가쁘게

쉬었고 말할 수 없었습니다. 외과 의사가 그에게 진정제를 주고 우리에게 그를 방해하지 말라고 명령했습니다. 그동안 그는 나의 친구가 확실히 몇 시간 이상 살지 못할 것이라고 나에게 말했습니다.

그의 선고가 선포되었고, 나는 단지 슬퍼하고 인내할 수밖에 없었습니다. 나는 그의 침대 옆에 앉아 그를 지켜보았습니다. 그의 눈은 감겨 있었고, 나는 그가 잠든 것이라고 생각했습니다. 하지만 곧 그는 미약한 목소리로 나를 불렀고, 가까이 오라고 명령하며 말했습니다.

"아아! 제가 의지했던 힘은 사라졌습니다. 저는 곧 죽을 것이라는 것을 느낍니다. 그리고 그, 저의 적이자 박해자는 여전히 존재할 수도 있습니다. 월튼, 저의 존재의 마지막 순간에 저는 이전에 표현했던 그 불타는 증오와 열렬한 복수심을 느끼지 않는다는 것을 생각하지 마십시오. 하지만 저는 적의 죽음을 바라는 것이 정당하다고 느낍니다. 이 마지막 날들 동안 저는 저의 과거 행동을 검토하는 데 몰두했습니다. 그리고 저는 그것이 비난받을 만하다는 것을 발견하지 못합니다. 열광적인 광기 속에서 저는 이성적인 피조물을 창조했고, 저의 힘이 닿는 한, 그의 행복과 안녕을 보장해야 할 의무가 있었습니다. 이것이 저의 의무였지만, 그것보다 더 최고의 다른 의무가 있었습니다. 저의 종족의 존재들에 대한 저의 의무는 더 큰 비율의 행복이나 비참함을 포함했기 때문에 저의 주의에 더 큰 요구를 가졌습니다. 이러한 견해에 재촉받아, 저는 첫 번째 피조물을 위한 동반자를 창조하는 것을 거부했고, 거부한 것이 옳았습니다. 그는 비할 데 없는 악의와

이기심을 악에서 보여주었습니다. 그는 저의 친구들을 파괴했습니다. 그는 섬세한 감각, 행복, 그리고 지혜를 소유한 존재들을 파괴에 바쳤습니다. 그리고 저는 이 복수심의 갈증이 어디서 끝날지 모릅니다. 다른 누구도 비참하게 만들지 않기 위해 스스로 비참한 그는 죽어야 합니다. 그의 파괴의 임무는 저의 몫이었지만, 저는 실패했습니다. 이기적이고 사악한 동기에 의해 움직였을 때, 저는 당신에게 저의 미완성 작업을 떠맡아 달라고 요청했습니다. 그리고 저는 이제 오직 이성과 미덕에 의해 유도되었을 때 이 요청을 갱신합니다."

"여전히 저는 당신에게 이 임무를 이행하기 위해 당신의 나라와 친구를 포기하도록 요청할 수 없습니다. 그리고 이제 당신이 영국으로 돌아가고 있으므로, 당신은 그를 만날 가능성이 거의 없을 것입니다. 하지만 이러한 요점들의 고려와 당신이 당신의 의무라고 여길 수도 있는 것의 균형을 잡는 것은 당신에게 맡깁니다. 저의 판단과 생각은 이미 죽음의 가까운 접근으로 방해받고 있습니다. 저는 당신에게 제가 옳다고 생각하는 것을 하도록 요청할 엄두를 내지 못합니다. 저는 여전히 열정에 의해 잘못 인도될 수도 있기 때문입니다."

"그가 살아서 악행의 도구가 될 것이라는 것이 저를 괴롭힙니다. 다른 면에서는, 제가 순간적으로 해방을 기대하는 이 시간이 제가 수년 동안 누린 유일한 행복한 시간입니다. 사랑하는 죽은 이들의 형상이 제 앞에 맴돌고, 저는 그들의 팔로 서두릅니다. 잘 있으십시오, 월튼! 평온 속에서 행복을 찾고, 비록 그것이 과학과 발견에서 자신을 구별하는 겉보기에는 순진한 것일지라도, 야망을 피하십시오. 그런데 왜 제가 이것을 말하는가? 저는 스스로 이러한 희망 속에서 파멸되었지만, 다른 누군가는 성공할 수도 있습니다."

그의 목소리가 말할수록 더 희미해졌고, 마침내, 자신의 노력으로 탈진하여, 그는 침묵에 빠졌다. 약 30분 후 그는 다시 말하려 시도했지만 할 수 없었다. 그는 나의 손을 미약하게 쥐었고, 온화한 미소의 광채가 그의 입술에서 사라지는 동안 그의 눈은 영원히 감겼다.

마거릿, 이 영광스러운 영혼의 때 이른 소멸에 대해 내가 어떤 논평을 할 수 있을까? 내가 나의 슬픔의 깊이를 네가 이해할 수 있도록 할 수 있는 말이 무엇일까? 내가 표현해야 할 모든 것은 부적절하고 미약할 것이다. 눈물이 흐른다. 나의 마음은 실망의 구름으로 가려져 있다. 하지만 나는 영국을 향해 여행하고 있고, 그곳에서 위안을 찾을 수도 있을 것이다.

나는 지금 상상을 방해 받았다. 이 소리들은 무엇을 의미할까? 자정이다. 산들바람은 순조롭게 불고, 갑판 위의 파수꾼은 거의 움직이지 않는다. 다시 사람 목소리 같은 소리가 들리는가 싶더니 점점 더 그 소리가 거칠어진다. 그것은 프랑켄슈타인의 유해가 놓여있는 선실에서 나는 소리다. 나는 일어나 조사해야 한다. 잘 자라, 나의 누이.

맙소사! 방금 어떤 장면이 일어났던가! 나는 그것의 기억으로 여전히 어지럽다. 나는 그것을 자세히 이야기할 힘이 있을지 거의 모르겠다.

여전히 내가 기록한 이야기는 이 최종적이고 놀라운 대재앙 없이는 불완전할 것이다.

나는 나의 불운하고 존경할 만한 친구의 유해가 놓여있는 선실로 들어섰다. 그 위로 나는 말로 묘사할 수 없는 형상이 걸려 있었다—거대한 체격이지만, 그 비례는 거칠고 일그러져 있었다. 그가 관 위에 매달려 있을 때, 그의 얼굴은 길고 누더기 같은 머리카락에 가려져 있었다. 하지만 하나의 거대한 손이 뻗어 있었는데, 색깔과 겉보기 질감은 미라의 그것과 같았다. 그가 나의 접근 소리를 들었을 때, 그는 슬픔과 공포의 외침을 멈추고 창문을 향해 뛰어올랐다. 나는 그의 얼굴처럼 혐오스럽지만 소름끼치는 추함의 환영을 결코 본 적이 없었다. 나는 무의식적으로 눈을 감고 이 파괴자에 대한 나의 의무가 무엇인지 기억하려 노력했다. 나는 그에게 멈추라고 소리쳤다.

그는 멈춰, 놀라움으로 나를 바라보았고, 다시 자신의 창조자의 생명 없는 형상으로 돌아서서, 나의 존재를 잊은 듯 했다. 그리고 모든 이목구비와 몸짓은 어떤 통제할 수 없는 열정의 가장 거친 격노에 선동된 듯 했다.

"저것 또한 저의 희생자입니다!" 그가 외쳤다. "그의 죽음으로 저의 범죄는 완수되었습니다. 저의 비참한 존재의 연속은 그것의 종결로 감겨 들어갑니다! 오, 프랑켄슈타인! 관대하고 스스로를 바친 존재! 제가 이제 당신에게 용서를 구하는 것이 무슨 소용이 있습니까? 당신은 당신이 사랑했던 모든 것을 파괴함으로써 돌이킬 수 없이 당신을 파괴했습니다. 아아! 그는 차가워서, 저에게 대답할 수 없습니다."

그의 목소리가 질식하는 듯 했고, 나의 첫 번째 충동은, 친구의 임종 요청에 복종하여 그의 적을 파괴해야 한다는 것을 제안했지만, 이제 호기심과 연민의 혼합으로 보류되었다. 나는 이 엄청난 존재에게 접근했다. 나는 그의 얼굴을 다시 올려다볼 엄두를 내지 못했다. 그의 추함에는 그토록 무섭고 세상 밖의 무언가가 있었다. 나는 말하려 시도했지만, 단어가 나의 입술에서 사라졌다. 괴물은 계속해서 야성적이고 일관성 없는 자기 비난을 내뱉었다. 마침내 나는 그의 열정의 폭풍이 잠잠해진 틈을 타서 그에게 말을 걸 결심을 모았다.

"당신의 회개는," 나는 말했다. "이제 불필요합니다. 당신이 양심의 목소리에 귀를 기울이고 이 극단까지 당신의 악마 같은 복수심을 촉구하기 전에 후회의 고통에 주의를 기울였더라면, 프랑켄슈타인은 여전히 살아있었을 것입니다."

"그리고 당신은 꿈꾸고 있습니까?" 그 악마가 말했다. "당신은 그때 제가 고통과 후회에 죽었었다고 생각합니까?"

그는 시신을 가리키며 계속했다.

"그는 그 행위의 완수에서 고통받지 않았습니다. 오! 그것의 실행의 오래 끄는 세부 사항 동안 저의 고통의 만분의 일도 아닙니다. 저의 심장이 후회로 독살되었을 동안, 끔찍한 이기심이 저를 앞으로 몰아붙였습니다. 당신은 클레르발의 신음이 저의 귀에 음악이었다고 생각합니까? 저의 심장은 사랑과 공감을 느낄 수 있도록 만들어졌습니다. 그리고 비참함에 의해 악덕과 증오로 뒤틀렸을 때,

그것은 당신조차 상상할 수 없는 고통 없이 그 변화의 폭력을 견디지 않았습니다.

클레르발의 살해 후, 저는 심장이 부서지고 압도된 채 스위스로 돌아왔습니다. 저는 프랑켄슈타인을 동정했습니다. 저의 연민은 공포에 달했습니다. 저는 스스로를 혐오했습니다. 하지만 저에게 저의 존재와 그것의 형언할 수 없는 고통의 창시자인 그가 행복을 바랄 용기를 냈다는 것을 발견했을 때, 그가 저에게 비참함과 절망을 쌓아올리는 동안 저는 영원히 차단된 느낌과 열정의 방종 속에서 자신의 즐거움을 찾았다는 것을 발견했을 때, 무력한 질투와 쓰라린 분노가 저를 만족할 수 없는 복수심으로 가득 채웠습니다. 저는 저의 위협을 기억했고 그것이 성취되어야 한다고 결심했습니다. 저는 스스로에게 치명적인 고통을 준비하고 있다는 것을 알았지만, 저는 혐오하면서도 불복종할 수 없는 충동의 노예였지 주인이 아니었습니다. 여전히 그녀가 죽었을 때! 아니, 그때 저는 비참하지 않았습니다. 저는 모든 감정을 떨쳐내고, 모든 고통을 억누르고, 저의 절망의 과도함 속에서 방탕했습니다. 악은 그때부터 저의 선이 되었습니다. 이렇게 멀리 재촉받아, 저는 제가 기꺼이 선택했던 요소에 저의 본성을 적응시키는 것 외에는 선택의 여지가 없었습니다. 저의 악마 같은 계획의 완수는 만족할 수 없는 열정이 되었습니다. 그리고 이제 그것은 끝났습니다. 저기 저의 마지막 희생자가 있습니다!“

나는 처음에는 그의 비참함의 표현에 감동받았다. 하지만, 내가 프랑켄슈타인이 그의 웅변과 설득의 힘에 대해 말했던 것을 떠올렸을 때, 그리고 다시 저의 친구의 생명 없는 형상에 눈을 던졌을 때, 분노가 제 안에서 다시 불타올랐습니다.

"비참한 놈!" 저는 말했습니다. "네가 여기 와서 네가 만든 황폐함 위에서 흐느끼는 것이 좋다. 너는 건물 더미에 횃불을 던지고, 그것들이 소모되었을 때, 너는 폐허 속에 앉아 몰락을 애도한다. 위선적인 악마! 네가 애도하는 그가 여전히 살아 있었다면, 여전히 그는 너의 저주받은 복수심의 대상이 되었을 것이고, 다시 그의 먹이가 되었을 것이다. 네가 느끼는 것은 연민이 아니다. 너는 단지 너의 악의의 희생자가 너의 힘에서 물러났기 때문에 애도할 뿐이다."

"오, 그렇지 않습니다—그렇지 않습니다," 그 존재가 말을 가로막았다. "여전히 그러한 것이 저의 행동의 의도인 듯 보이는 것에 의해 당신에게 전달되어야 할 인상입니다. 여전히 저는 저의 비참함 속에서 동료애를 찾지 않습니다. 어떤 공감도 저는 결코 찾지 못할 것입니다. 제가 처음 그것을 찾았을 때, 미덕의 사랑, 저의 온 존재가 넘쳐흐르던 행복과 애정의 감정이 나누어지기를 바랐습니다. 하지만 이제 미덕은 저에게 그림자가 되었고, 행복과 애정은 쓰라리고 혐오스러운 절망으로 변했습니다. 저는 무엇 속에서 공감을 찾아야 할까요? 저는 저의 고통이 지속되는 동안 홀로 고통받는 것에 만족합니다. 제가 죽을 때, 혐오와 모욕이 저의 기억을 짓누르는 것에 완전히 만족합니다. 한때 저의 공상은 미덕, 명성 그리고 즐거움의 꿈으로 달래졌습니다. 한때 저는 거짓되게 저의 외모를 용서하고, 제가 펼칠 수 있었던 뛰어난 자질로 저를 사랑할 존재들을 만나기를 희망했습니다. 저는 명예와 헌신의 숭고한 생각으로 영양을 공급받았습니다. 하지만 이제 범죄가 저를 가장 비열한 동물 아래로 타락시켰습니다. 어떤 죄책감, 어떤 악행, 어떤 악의, 어떤 비참함도 저의 그것과 비교될 수 없습니다. 제가 저의 죄의 끔찍한 목록을 훑어볼 때, 저는 저의 생각이 한때 선함의 아름다움과 장엄함의 숭고하고 초월적인 비전으로 가득 찼던 바로 그 피조물이라고 믿을 수 없습니다. 하지만 정말로 그렇습니다. 타락한 천사는 악의적인 악마가 됩니다. 여전히 하느님과 인간의 그 적조차 자신의 황폐함 속에서 친구와 동료를 가졌습니다. 저는 혼자입니다."

"프랑켄슈타인을 당신의 친구라고 부르는

당신은 저의 범죄와 그의 불행에 대한 지식을 가지고 있는 듯 합니다. 하지만 그가 당신에게 제공한 그것들의 세부 사항에서 그는 제가 무력한 열정 속에서 낭비하며 견뎌낸 고통의 시간과 달을 합산할 수 없었습니다. 저는 그의 희망을 파괴하는 동안, 저 자신의 욕망을 만족시키지 못했습니다. 그것들은 영원히 열렬하고 갈망했습니다. 여전히 저는 사랑과 동료애를 바랐고, 여전히
경멸받았습니다. 이것에 불의가 없었을까요? 모든 인류가 저에게 죄를 지었을 때, 저만이 유일한 범죄자로 생각되어야 합니까? 왜 당신은 경멸로 자신의 친구를 문에서 몰아낸 펠릭스를 미워하지 않습니까? 왜 당신은 자신의 아이의 구원자를 파괴하려 했던 시골 사람을 저주하지 않습니까? 아니, 이들은 덕 있고 흠잡을 데 없는

존재들입니다! 저, 비참하고 버려진 존재는 내버려지고, 차이고, 짓밟혀야 할 기형아입니다. 지금 이 순간에도 이 불의의 기억에 저의 피가 끓습니다."

"하지만 저는 불쌍한 존재라는 것은 사실입니다. 저는 사랑스럽고 무력한 이를 살해했습니다. 저는 그들이 잠자는 동안 순진한 이를 목졸라 죽였고, 저에게 나나 다른 살아있는 존재에게 결코 해를 끼치지 않았던 그의 목을 움켜쥐어 죽였습니다. 저는 저의 창조자, 인간 가운데서 사랑과 감탄을 받을 가치가 있는 모든 것의 선택된 표본을 비참함에 바쳤습니다. 저는 그를 그 돌이킬 수 없는 파멸까지 추격했습니다. 저기 그가 죽음 속에서 하얗고 차가운 채 누워 있습니다. 당신은 저를 혐오하지만, 당신의 혐오는 저 자신을 바라보는 그

혐오와 같을 수 없습니다. 저는 그 행위를 실행한 손을 바라봅니다. 저는 그것의 상상이 구상되었던 그 심장에 대해 생각합니다. 그리고 이 손이 저의 눈을 만나고, 그 상상이 더 이상 저의 생각을 괴롭히지 않을 순간을 갈망합니다."

"제가 미래 악행의 도구가 될 것이라고 두려워하지 마십시오. 저의 작업은 거의 완료되었습니다. 당신의 죽음도 다른 어떤 사람의 죽음도 저의 존재의 연속을 완수하고 이루어져야 할 것을 달성하는 데 필요하지 않습니다. 하지만 저의 죽음은 필요합니다. 저는 이 희생을 수행하는 데 느리지 않을 것이라고 생각하지 마십시오. 저는 저를 그곳으로 데려온 얼음 뗏목을 타고 당신의 배를 떠나 지구의 가장 북쪽 끝을 찾을 것입니다. 저는 저의 장례 벽난로를 모으고 이 비참한 몸을 재로 소모할 것입니다. 그것의 잔해가 저와 같은 또 다른 것을 창조하려는 어떤 호기심 많고 불경스러운 존재에게 어떤 빛도 제공하지 않도록 말입니다. 저는 죽을 것입니다. 저는 이제 저를 소모시키는 고통을 더 이상 느끼지 않을 것이며, 만족되지 않았지만 꺼지지 않은 감정의 먹이가 되지 않을 것입니다. 저를 존재하게 했던 그가 죽었습니다. 그리고 제가 더 이상 존재하지 않을 때, 우리 둘 모두의 바로 그 기억은 재빨리 사라질 것입니다. 저는 더 이상 태양이나 별을 보지 않을 것이고, 저의 뺨에 바람이 스치는 것을 느끼지 않을 것입니다. 빛, 느낌 그리고 감각은 사라질 것입니다. 그리고 이 상태에서 저는 저의 행복을 찾아야 합니다. 몇 년 전, 이 세상이 제공하는 이미지들이 처음 저에게 열렸을 때, 저는 여름의 기분 좋은 따뜻함을 느끼고 잎의 바스락거림과 새들의 지저귐을 들었을 때, 그리고 이것들이 저에게 전부였을 때, 저는 죽는 것을 울었을 것입니다. 이제 그것이 저의 유일한 위안입니다. 범죄로 더럽혀지고 가장 쓰라린 후회에 찢겨, 저는 죽음 외에 어디서 안식을 찾을까요?"

"잘 있으십시오! 저는 당신을 떠납니다. 그리고 당신 안에서 이 눈이 영원히 볼 마지막 인간을 떠납니다. 잘 있으십시오, 프랑켄슈타인! 만약 당신이 아직 살아 있었고 여전히 저에게 복수하려는 욕망을 소중히 여겼다면, 그것은 저의 파괴보다 저의 삶 속에서 더 잘 충족되었을 것입니다. 하지만 그렇지 않았습니다. 당신은 제가 더 큰 비참함을 야기하지 않도록 저의 소멸을 찾았습니다. 그리고 만약 아직도, 제가 알지 못하는 어떤 방식으로, 당신이 생각하고 느끼는 것을 멈추지 않았다면, 당신은 저에게 제가 느끼는 것보다 더 큰 복수를 바라지 않을 것입니다. 당신이 파멸했을지라도, 저의 고통은 여전히 당신의 고통보다 우월했습니다. 후회의 쓰라린 고통은 죽음이 그것들을 영원히 닫아줄 때까지 저의 상처 속에서 곪아가는 것을 멈추지 않을 것이기 때문입니다."

"하지만 곧," 그는 슬프고 엄숙한 열정으로 외쳤습니다. "저는 죽을 것이며, 제가 지금 느끼는 것은 더 이상 느껴지지 않을 것입니다. 곧 이 불타는 비참함은 꺼질 것입니다. 저는 저의 장례 벽난로에 승리감으로 올라가서 고문하는 불길의 고통 속에서 환호할 것입니다. 그 대화재의 빛은 사라질 것입니다. 저의 재는 바람에 의해 바다로 휩쓸려 갈 것입니다. 저의 영혼은 평화 속에서 잠들 것입니다. 혹은 만약 생각한다면, 확실히 이렇게 생각하지 않을 것입니다. 잘 있으십시오."

이 말을 하고, 그는 배 가까이에 놓여 있던 얼음 뗏목 위로 선실 창문에서 뛰어내렸습니다. 그는 곧 파도에 실려 가서 어둠과 거리 속으로
사라졌습니다.

〈끝〉

006 · 3/3

fly over an apartment with silver wings

프랑켄슈타인 III

2025년 12월 15일 초판 발행

저 자 메리 셸리
편역자 제미나이 · S
발행인 송광헌
기획자 송재준
펴낸곳 **복두(더)**
출판등록 | 1993년 11월 22일 제10-902호
주소 | 서울 영등포구 경인로82길 3-4 807호
전화번호 | 02-2164-2580 팩스 | 02-2164-2584
이메일 | info@@bogdoo.co.kr
홈페이지 | www.bogdoo.co.kr

ISBN 979-11-6675-681-8 (04840)
ISBN 979-11-6675-676-4 (04840) (세트)

값 6,000원